千彰のうっとりとした声が耳元で響き、
内側がきつく窄まる。
「もう二度と、泣いている顔を他の男に
見せないと約束して」
「はい……約束、します」

極上御曹司とお試し婚したら、隠れドSで愛にも容赦がありません！

蘇我空木

Vanilla文庫 Miel

極上御曹司とお試し婚したら、隠れドSで愛にも容赦がありません！

contents

イラスト／芦原モカ

プロローグ

月初めの締め作業も一段落し、週末を控えた社内にはゆったりとした空気が漂っている。

そんな中でもただ一人、営業アシスタントである喬橋《たかはし》小乃実《このみ》だけは足早に廊下を進んでいた。

他社であれば何事かと注目してしまうところだ。だが、灌漑《かんがい》用機械の製造・販売を手がける「アトラウア」の本社オフィスでは見慣れた光景である。怪訝《けげん》そうな顔をする者は誰もおらず、むしろ小乃実とすれ違うと笑顔で手を振ってくれるのだ。

「小乃実さん、今日も元気だねー」

漢字は違えども同じ読み方の姓の社員が八人もいるので、必然的に名前で呼ばれる機会が多い。顔見知りの社員に声を掛けられ、小乃実は歩みを緩めるとにっこり笑った。

「あっ、中村《なかむら》さん！　ちょうど伺おうと思っていたんです」

童顔なのも相まって、はつらつとした返事をする小乃実は出入りの業者などからはよく新入社員と間違われる。だが、入社してから既に四年が経っている。仕事柄、他部署とのやり取りも多く、本社勤務の社員の名前と顔はほぼ把握している。非常に頼りになる存在なのだ。

「来月、戸越《とごし》課長と行かれる出張ですが、フライトチケットとホテルはまとめてこちらで予約してもいいですか？」

「本当に？　そうしてもらえると助かるよ」

技術系の部署にはアシスタントがいないので、出張に行く時は自分で手配しなくてはならない。きっと面倒で後回しにしているだろうという読みは当たったようだ。しきりに感謝してくる中村に「ついでですから！」と返し、予約が取れたらメールでお知らせすると告げた。

「それじゃあ、失礼しまーす」

ぺこりと会釈をした拍子にひとつにまとめた髪が揺れる。再び足早に廊下を進んでいく背を眺めていた社員がぽつりと呟《つぶや》く。

「喬橋さんて、ちょっとワンコっぽいよね」

「そうそう。誰かが『このみ』じゃなくて『こいぬ』だねって言ってたよ」

いつでも元気いっぱいで笑顔を絶やさない。いつしか小乃実は社内のマスコット的な存在として扱われていた。

◇◆◇

誰にでも笑顔で物怖じせずに接する小乃実だが、ある場所に行く時だけは緊張を隠しきれない。とはいえ、自ら進んで引き受けた仕事なので逃げ出すわけにもいかず、ガラス扉の前で深呼吸をした。

壁に設置されているボタンへ指を伸ばした直後、低めのパーティションの陰から見知った顔が出てきた。ガラス扉の向こうにいるのが小乃実だと気付いた途端、相手はにっこり微笑むとこちらへやって来て扉を開けてくれる。

「いらっしゃーい、このちゃん」

「お疲れ様です、白部《しらべ》さん。売上報告書をお持ちしました」

基本的に各オフィスは社員であれば誰でも自由に出入りができるが、取り扱っている情報上、制限されている部署がいくつか存在している。その中のひとつがまさにここ、小乃実がチャイムを鳴らそうとしていた経営企画室だ。

白部玖美子《くみこ》はこの部署で唯一の女性社員で、小乃実を「このちゃん」と呼んで可愛がってくれる優しい先輩だ。小乃実が大事に抱えていたファイルを差し出すと、オフィスへと招き入れられた。

「室長なら今さっき会議から戻ってきたよ」

「そ、そうですか……」

「タイミングがよかったね」

小乃実にしか聞こえない声で囁《ささや》かれ、ぽっと頬《ほお》が熱くなったのを自覚する。正直に反応するのがよほど面白かったのか、玖美子が小さく吹き出した。

一歩進むごとに鼓動が大きくなっていく。部屋の一番奥、窓を背にしたひと際大きなデスクへ近付くとぺこりと頭を下げた。

「伊庭野《いばの》室長、失礼しますっ」

思ったよりも大きな声になってしまい、小乃実は慌てて口を噤《つぐ》む。しかし声を掛けられた人物は驚いた様子もなく、パソコンのモニターに向けていた視線をこちらへと移した。

「喬橋さん。お疲れ様」

「お疲れ様です。先月分の売上報告書をお持ちしました」

「そう。ありがとう」

経営企画室の責任者である伊庭野千彰《ちあき》は柔らかく微笑むと差し出したファイルを受け取った。その場で内容に目を通しはじめたので、小乃実は傍らに立ったまま確認が終わるのを待つ。

軽く俯《うつむ》いているものの、視線は千彰に向けたまま。さらさらの黒髪やくっきりとした目元、そしてページを繰る綺麗《きれい》な指先を密かに堪能していた。

新卒で入社して「伊庭野室長」と顔を合わせた時、小乃実は衝撃を受けた。すらりとした体躯《たいく》をお洒落《しゃれ》なスーツで包み、整った顔に柔らかな笑みを浮かべた彼を前にして、初めて男性に対して「綺麗」という感想を抱いた。

しかも現社長の息子でありながら権力を振りかざすような真似はせず、肩書きに相応しい成果を上げていると聞かされ、そんな素敵な人が次期社長なら大丈夫だと安堵《あんど》したものだ。

大半の女性社員がそうであるように、千彰に対して憧れの感情を抱くようになったのは当然だろう。

なにせあれほどの美貌と肩書きを持っているというのに相手が誰であろうと態度を変えず、優しい言葉を掛けてくれるのだから、好意を抱かない方がおかしいと自分に言い聞かせていた。

「喬橋さん」

「は、はいっ！」

頑張ってまとめた書類へ目を落としたままの千彰に呼び掛けられる。凝視していたのがバレた⁉　内心焦った小乃実は咄嗟《とっさ》に姿勢を正した。

「提出がいつもより二日も早いのは、役員会議の日程を考慮してくれたからですか？」

「そう、です。来週の月曜日になったと聞きまして……」

役員会議は通常、第二木曜日に行われている。だが社長と役員の海外出張が決まったため、日程が繰り上げられたのだ。それを知った小乃実はできるだけ早く資料を届けるべく、月末締めの作業と資料作りを並行して頑張った。

もしかして、余計なお世話だった……？　お腹の前で組んだ両手に力を入れると千彰が顔を上げてふっと微笑んだ。

「そうですか。とても助かりました」

「いえっ！　そんな……あの、お役に立てたのでしたらよかったです」

「喬橋さんの作ってくれる資料は綺麗にまとまっていて、いつも役に立っていますよ」

ありがとう、と柔らかな微笑みと共に告げられ、胸がぎゅうっと締め付けられる。

全身が熱を帯び、このままでは茹《ゆ》でだこみたいになった顔を見られる！　と焦った小乃実は勢いよく頭を下げると扉の方へと回れ右した。

「失礼しました……っ！」

部屋中に響き渡る声で告げた小乃実は廊下を小走りに進んだ。いくつかの角を曲がってから歩みを緩め、静かに深呼吸を繰り返す。心臓がドキドキしているのは走ったせいだけではない。千彰の微笑みを脳内で何度も再生していると勝手に口元が緩んできた。

小乃実は月の初めに売上報告書をまとめ、経営企画室へ提出する役目を仰せつかっている。それを担当していた先輩が産休に入るため引き継いだのだが、本来はもっと経験豊富な社員がやるべき仕事らしい。

膨大なデータを多様な切り口で集計する必要があるのでとにかく時間と手間がかかる。だから誰もやりたがらず、産休に入る先輩と上司である課長が途方に暮れていたのを見かねて手を挙げたのだ。

月末から月初めにかけてはただでさえ忙しい。それに面倒な仕事が上乗せされたお陰で毎月終電ギリギリになっていた。だが、この役目を引き受けたからこそ経営企画室へ大手を振って行けるのだ。

とはいえ、毎回必ずしも千彰に直接渡せるわけではない。だからちょっとした運試しのような気持ちで訪問していた。

今月は直接渡せただけでなく、お礼まで言ってもらえたので史上最強の大吉である。いつも以上に足取り軽く戻った小乃実を待ち受けていたのは、激しく言い合う声だった。

「どうしてくれるのよっ⁉　商談に間に合わないでしょ‼」

「明日って言っていたじゃないですか。私、間違いなくメモしました！」

営業担当の采澤奈々美《うねざわななみ》とアシスタントの宮薗瀬里《みやぞのせり》が喧嘩《けんか》するのは珍しいことではない。小乃実は緩んでいた口元を引き締めると、近くにいた同期で営業担当の柳井三花《やないみか》にそっと話し掛ける。

「今回はどうしたの？」

「それが、見積もりを頼んでおいたのに出来ていないって……」

仁王立ちする二人の間には今日も盛大に火花が散っている。激しい言葉の応酬に誰も口を挟めず、ただ遠巻きにおろおろしているだけだった。

昨日の夕方、外出していた奈々美から電話があったのは憶えている。瀬里が内容を復唱しながらメモを取っていたが、指定された日付は明日だったはず。大方奈々美が訪問日を勘違いしていたのだろう。

とはいえ、それを指摘したところで言った・言わないの水掛け論になるだけ。小乃実は口角をきゅっと上げて笑顔を作ると「戻りましたー！」と朗らかに告げながら火花の間へと割って入った。

といっても二人を引き離す意図はなく、そこが小乃実の席だからだ。パソコンのスリープを解除してから営業用のシステムへとアクセスした。

「宮薗さん、メモを見せてもらえますか？」

「はい……」

「えーと、大鳳《おおとり》産業様の見積もりですね。采澤さん、割引率はいつも通り十パーセントでしょうか？」

「そ、そうよ！」

小乃実は渡された書類を一瞥《いちべつ》すると慣れた手付きで必要事項を入力していく。虚を突かれた二人の視線を感じながらささっと見積もりを完成させた。

「印刷は五部で大丈夫ですか？」

「……ええ」

「宮薗さん、クリアファイルを持ってきてもらえる？　社名入りじゃなくて透明な方ね」

「わかりました」

書類を渡す際に細かな決まりのある取引先も少なくないのだが、小乃実はそのほとんどを把握している。印刷されたばかりのほんのり温かい見積もり書をファイルに挟み、まだ怒りの気配を残す奈々美へと差し出した。

「お待たせしました。お時間は大丈夫ですか？」

「急がないと間に合わないわよ！」

「わぁ、気をつけて行ってらっしゃいませ！」

無邪気な笑顔を浮かべる小乃実に毒気を抜かれたのか、奈々美はなにか言いたげに真っ赤な唇を薄く開いた。だがそこからはなにも紡がれない。ファイルを奪うように取り上げるとギロッと睨《にら》みをきかせてから足音荒くオフィスを出ていった。

肩を怒らせた後ろ姿が廊下に消えると、営業部にほっとした空気が流れる。

「小乃実さん、ご迷惑をおかけしました……」

謝罪の言葉を口にした瀬里はどこか決まり悪そうだ。売り言葉に買い言葉だったとはいえ、そうなってしまったのは無理もない。小乃実より二年先輩の奈々美ははっきりとした顔立ちの美人である。しかも三か国語を操る才女なので、海外とのやり取りが多いこの会社では重宝されていた。本人にもその自覚があるのか、まるで我儘《わがまま》なお姫様のような振る舞いをするのが部署内では悩みの種となっている。

「気にしないで。これからはなにか頼まれたら、念のためにスケジュールをチェックするのを忘れないでね」

「はい、気をつけます」

小乃実がにっこり微笑むと意気消沈していた後輩がようやく弱々しく微笑んでくれた。

「はぁ……小乃実さんが戻ってきてくれて助かった」

「一時はどうなるかと思ったよ。毎回毎回勘弁してほしいよな」

ただ成り行きを見守ることしかできなかった面々が傍に来ては口々にお礼を言ってくれる。

「そんなことないですよ。私はただ仕事をしただけですから」

「いやいや、采澤さんをあんなふうにあしらえるのは、小乃実さんだけだってば」

「本当だよ。怖くないの？」

「全然怖くないですよ」

えー！　と驚きの声が上がる。小乃実は笑顔を維持したまま、戻ったら片付けようと机の端に寄せておいた書類を手に取った。

「ファイリングしてくるね。すぐ戻るから」

「はい、わかりました」

弾むように歩く背には先ほどの騒動の余韻は一切感じられない。驚き交じりの「メンタルつよ……」という呟きに、小乃実は小さく息を吐いた。

◇◆◇

その日の小乃実は朝から不運続きだった。

まず、目覚まし時計の電池が寝ている間に切れていた。幸いにしてスマホにインストールされたニュースアプリの通知音で目覚めたものの、超特急で身支度をする羽目になった。

いつもより遅い時刻の電車に乗ると、今度は他の路線が運休した影響を受けてとんでもなく混雑しているではないか。

後ろから押し込まれるようにして車内に入ると、鞄《かばん》を持つ手すら動かせない状態でひたすら耐えていた。お陰でオフィスの最寄り駅に着く頃には満身創痍《まんしんそうい》で、さすがにいつものように笑顔でいるのはなかなか骨が折れる。

どうかこれ以上はなにも起こりませんように、という祈りは見事に裏切られた。

『あのさぁ、これで何度目だかわかってんの⁉』

「誠に申し訳ありません……！」

受話器越しの怒鳴り声に謝りながら隣を見ると、瀬里が眉尻を下げながら力なく首を横に振った。事情を知っている奈々美が電話に出ないのだ。小乃実は既に何度も繰り返した言葉を再び口にする。

「釆澤に確認しまして、こちらから折り返し……」

『だから、それじゃ遅いんだよ！　今すぐ持ってこいって言ってんの!!』

お昼の休憩で午後を乗り切る元気を取り戻した。それでも今日は定時でさっさと切り上げようと決意した矢先にこの電話を受けたのだ。

応答すら途中で遮るほどの勢いで怒鳴っているのは、奈々美が担当している顧客だった。今日の午前中に納品されるはずの商品がまだ届いていない。一体どうなっているのか、という怒りの電話に小乃実は困惑した。

昨日は倉庫の棚卸だったので出庫作業は一切行われていない。今日到着する分は一昨日にまとめて出してあるはずだが、今まさに怒り狂っている顧客がリストに載っていた記憶はなかった。

大急ぎで確認してみたが、やはり出荷の記録がない。というより、システム上では受注処理すらされていなかった。

だが、その事実を正直に先方へ伝えるわけにはいかない。小乃実は丁寧にお詫《わ》びをしてから営業担当に確認し、折り返し連絡すると伝えた――のだが。

『だいたいさ、釆澤さんはメールの返信も遅いし電話にも出ないし、それって営業としてどうなの⁉』

「ご不便をおかけしまして申し訳ありません。その件も含めまして上司に申し伝えますので……」

『何度も担当を替えてくれって言ってんのにさぁ、こっちは他のとこに頼んでもいいんだからね!!』

「申し訳ありません……」

本来であれば役職者に代わってもらうべき件なのだが、今は主任以上の社員が軒並み打ち合わせなどで不在にしている。むしろ今は小乃実が一番勤務歴が長いという状況なのでなんとか乗り切るしかない。

そうはいっても奈々美に連絡がつかないと動きようがないのも事実。とにかく相手の怒りを静めるべくひたすら謝罪を繰り返した。

ありとあらゆる罵詈雑言《ばりぞうごん》をぶつけられること二十分。会議から戻ってきた課長が事情を知るなりすぐに対応を引き受けてくれたお陰で、小乃実はようやく悪夢のような時間から解放された。

「喬橋さん。悪いけど急ぎで出荷してもらえる？　倉庫には俺から話しておくから」

「わかりました」

在庫があるのは確認してある。小乃実がシステムの処理をしている間に、課長が若手の営業担当に社用車で倉庫に向かうよう指示を出した。

「受け取りが済んだらそのまま向かってくれ。俺も合流する」

「わかりました！」

「宮薗さん、釆澤さんにはまだ連絡つかない？」

「はい……先ほどメッセージも送ってみたのですが返信はまだ来ていません」

「そうか、わかった」

課長は眉間に皺《しわ》を寄せたまま受話器を取り、倉庫へと電話を掛けはじめる。処理を終えた小乃実が出庫番号を書いたメモを渡すと小声で「ありがとう」と言われた。

とりあえずこれで一件落着。一旦席に戻った小乃実は隣で心配そうな顔をしている瀬里ににこりと微笑みかけた。

「ごめん、ちょっとコーヒー買いにいってくるね」

「それなら私が……」

「ありがとう。大丈夫だよ」

気を使ってくれたのかもしれないが、今は一刻も早くこの場から離れる必要があった。早く一人にならなければ取り返しのつかない事態になってしまう。

小乃実は小銭入れを取り出すと素早く廊下へと向かった。自販機の置かれている休憩スペースは営業部のフロアのひとつ下にある。感情が許容量を超えた時、いつもそうするように階段のある廊下の端へと小走りで進んだ。

やっぱり今日はダメな日だ。歩きながら先ほど投げつけられた言葉が次々と脳裏をよぎっていく。どんな提案をしても一切取り合おうとせず、言葉尻を捕らえては更なる攻撃を仕かけてきて、クレームの典型のようだった。

受け流すべきだとはわかっていても、何度も喉の奥から「じゃあどうすればいいんですか⁉」と出そうになった。

怒りや悲しみが胸の奥から一気に湧き上がり、鼻の奥が痛くなってくる。あぁ、これはまずい。なんとか耐えようと小乃実は奥歯をきつく嚙みしめた。

だが手遅れだったようだ。徐々に熱いものがせり上がってくるのを感じ、咄嗟に目の前にあった給湯室へと飛び込んだ。

階段の隣にある化粧室までギリギリ持たせられると思っていたのに、受けていたダメージは想像していたよりも大きかったらしい。できるだけ廊下から見えないように流しと冷蔵庫の隙間に身体を滑り込ませた。

「…………う、ふっ……く」

しっかり閉じているはずの唇から嗚咽《おえつ》が漏れる。小銭入れを持っている左手の甲で口を塞ぐと、目の縁からぽろりと熱いものが零れ落ちてきた。

ここは会社！　と必死で自分に言い聞かせる。だが、一度決壊してしまった堤防はそう簡単に直るはずもなく、きつく閉じた瞼《まぶた》の隙間からぼろぼろと透明な雫《しずく》が溢《あふ》れてきた。

ああ、やっぱりダメだった。どうしていつもこうなってしまうんだろう。

「……っ、う…………っ」

利用する人が滅多にいない場所とはいえ、いつ誰が入ってくるかわからない。止めようと焦れば焦るほど止まらなくなり、遂にはひくっとしゃくり声が上がった。

「……喬橋さん？」

背後から掛けられた声にびくんと身を震わせる。ハンカチを取り出そうとしたがオフィスで脱いだジャケットのポケットに入れたままだったと思い出した。

どうしよう、こんな顔ではとても振り返れない。少しでも痕跡を消したくて、右手で頬を伝っていたものを拭い取った。

「大丈夫？　具合でも……」

足音が近付き背後から影が迫ってくる。身を固くした小乃実の肩にそっと手が乗せられ、反射的に振り返ってしまった。視界は涙でぼやけていてもその人の美貌だけはぼやけない。大きく目を瞠《みは》った千彰の顔がすぐそこにあった。

慌てて顔を逸らしたものの、泣いていたのは一目瞭然だろう。誰にも見られたくない姿を、よりによって彼に晒《さら》す羽目になるとは。

見なかったことにしてもらえないだろうか。一縷《いちる》の望みをかけて震える唇をこじ開けた。

「あ……だ、大丈夫、です。なんで、も……ありません」

しゃくり上げながらも必死で告げる。その間も涙がとめどなく流れ、小乃実は何度も頬を

手で擦る。

「これ使って」

「いえっ、あ、の……」

「いいから」

半ば強制的になにかを握らされた。手首を摑《つか》まれ目元へ寄せられると頬に柔らかな布が触れ、憶えのある爽やかな香りが鼻孔をくすぐる。遅ればせながら千彰からハンカチを渡されたのだと気が付いた。

「こっちにおいで」

ぐずぐずと鼻を鳴らしていた小乃実は腕を引かれるがまま給湯室を後にする。幸いにして廊下に人影はない。化粧室の前を通り過ぎ、千彰に促されて階段を上るとある扉の前に導かれた。

たしかここは経営企画室専用の応接室だったはず。千彰がパネルにかざしたＩＤカードでロックが解除され、小乃実は初めてその部屋へと足を踏み入れた。壁際に大きなモニターがあり、コの字型にソファーが配置されたその空間は想像していたよりもシンプルな印象を受ける。

「喬橋さん、座って」

失礼します、と言うより先に肩を押され勢いのまま腰を下ろす。千彰は再びドアノブに手をかけると「すぐ戻るから」と言い残して去っていった。

予想外の事態に直面してもなお、小乃実の目からは透明な雫が絶えず溢れてくる。洟《はな》をすすりながら目の下にハンカチを押し当てているとノックの音が響いた。

「お待たせ。これ、よかったら」

「ありが、と……ござい、ま……す」

差し出されたペットボトルの水はしっかり冷えている。飲むよりも瞼を冷やすのに使えそうだと頭の片隅で考えていると、座っているソファーの隣が軽く沈んだ。

「ここは定時まで押さえておいたよ。営業にも喬橋さんを借りたと伝えてあるから心配しなくていい」

なんと千彰は匿《かくま》ってくれただけではなく、小乃実のアリバイまで作ってくれたらしい。細やかな配慮が傷だらけの心にやけに沁《し》みて、またも涙がどっと溢れてきた。

「ごめ、わくを……おかっ、け……し、ました」

「落ち着くまでゆっくりしているといい」

情けなくて、でもそれ以上に有難くて小乃実はぽろぽろと涙を零す。ひくりと喉を鳴らすと目尻になにかが触れたような気がしたが、その正体をたしかめる余裕は残されていなかった。

「それじゃあ、私はそろそろ失礼するよ」

「は、い……」

見送るべきだろうが、今の小乃実には返事をするのが精一杯だった。

第一章　お試し婚

翌月――小乃実はいつものように経営企画室を訪れていた。チャイムを鳴らしてしばし待っていると、ガラス扉の向こう側から若い男性がこちらを覗《のぞ》き込んでくる。

「いらっしゃい、喬橋さん。残念ながら室長は会議に行ってるよ」

軽口を叩《たた》きながら扉を開けてくれたのは、千彰と同期である湖条雅志《こじょうまさし》だった。

彼もまた小乃実が千彰のファンだと知っているので、あえて不在を狙って来ただなんて想像もしないだろう。軽く眉を下げて「残念です」と調子を合わせた。

「どうする？　出直す？」

「いえいえ、お手数ですがこちらをお渡しいただけますか？」

これまではずっと、千彰がいそうな時間を見計らって訪問していた。勝率は八割ほどだったので、なかなかいい線をいっていた方だろう。今回はそれを逆にしただけなのだが、多忙な室長の不在を狙うのは実に簡単だった。

渡したものはいつもよりほんの少しだけ厚みがあるが、硬めのファイルに挟んであるので気付かれる心配はないはずだ。扉の前で引き渡しを済ませると早々に退散した。

あの日、我慢の限界を迎えて大泣きしてしまった小乃実だが、通りかかった千彰の機転により秘密は守ることができた。ただし、クレーム電話の元凶である奈々美に反省した様子はまったく見られず、すっきりしない幕引きとなった。

そして号泣して以来、千彰とは顔を合わせていない。というより、元々少ないチャンスを狙っていたのをやめているだけなのだが。

彼は優しいけれど仕事には厳しい人だ。社会人にあるまじき醜態を職場で晒した小乃実に幻滅しているに違いない。とても顔を合わせる勇気など出てこなかった。

問題は、借りてしまったハンカチをどうするかという点だった。付いてしまった化粧汚れは綺麗に落ちたものの、このまま返すのはさすがに失礼だろう。そうなれば同じもの、もしくは同等の新品を用意するしかない。そのブランドの取り扱い店舗を調べ、乗り換えに使っている駅に併設された百貨店に赴いた。

残念ながら同じものはなかったが、入荷したばかりだという新柄の中から最も似ているハンカチを買い求めた。

手痛い出費ではあるが、これ以上憧れの人に非常識な人間だと思われるのだけは避けたい。だから百貨店の袋で包装してください、と頼むのも忘れなかった。

これだけの高級品であれば、普通ブランド専用の箱に入れてラッピングしてくれる。だが、それだとこっそり持っていけないし、受け取った方も困るだろうという判断だった。

小乃実のリクエストを聞いた店員は一瞬動きを止めたが、そこは接客のプロである。すぐに上品な笑みを浮かべると「かしこまりました」と対応してくれた。

返すものは用意できた。次なる問題は手段である。本来は直接出向いてお礼の言葉と共に渡すのが筋だろうが、そんな真似をすれば周りから事情を訊《たず》ねられてしまうのは目に見えていた。

かといって、こっそりデスクに置いておくのはセキュリティ上不可能。だから小乃実は自分にしかできない方法を取ることにした。

今のところ、小乃実に関して妙な噂《うわさ》が立っている様子はない。それはきっと、千彰が誰にも口外せずにいてくれたお陰なのだろう。

あの時はよりによって、と最悪な気分だったが、もしかすると不幸中の幸いだったのかもしれないと思えてきた。

これにて一件落着。今後は憧れの人と言葉を交わすことができなくなるのはとても残念だけど、背に腹は代えられない。それに、表面上は変わらない態度を取ってくれるだろうが、内心ではおそらく小乃実を軽蔑しているだろう。そう考えるだけで心臓がぎゅっと縮こまり、また涙が出てきそうになった。

いつものように明るく元気な態度を維持しつつ、今後はより一層注意して過ごさなくては。

会社で「痛い人」扱いされるのはごめんだ。そうならないように必死に頑張ってきたのだから。

　密かに決意をした小乃実だが、ほどなくしてあまりにも予想外な状況に遭遇することになった。

◇◆◇

アトラウアは灌漑設備の製造・販売だけでなく工事事業も手がけている。三十年ほど前からは海外での大規模な工事がメインとなり、多くの技術者が常に世界中を飛び回っている。工事期間は平均五年、長いと十年を超える場合もある。そうなると海外への長期赴任を余儀なくされる社員が日本にある本社との繋《つな》がりが薄くなってしまい、帰国してからなかなか馴染《なじ》めないというのは以前から問題視されていた。

　彼らの疎外感を払拭すべく「社内交流会」が催され、自由参加にもかかわらず毎回大勢の社員が参加している。

　交流会は毎月第三水曜日の終業後に大会議室を開放して行われる。ビュッフェ形式で用意される食事にはテーマが設けられていて、毎回参加しても飽きることがないように工夫されている。

今月は和食がテーマのようだ。メキシコでの大きなプロジェクトが終了し、帰国したばかりの社員が多いためだろうと考えながら、小乃実は小鉢に入った茶そばに舌鼓を打っていた。

「見てください！　ローストビーフ寿司をゲットしてきました!!」

「わぁ、宮薗さんすごいっ！」

今回の目玉料理である寿司のテーブルには大勢の人が群がっている。そんな中から人気のネタを勝ち取ってくるとは。小乃実が歓声を上げると瀬里が自慢げに寿司が二貫のった皿を掲げた。

「小乃実さん、おひとつどうぞ」

「えっ、いいよ！　頑張って取ってきたんでしょ？」

「いえいえ、いつもお世話になっているので、そのお礼です」

さあ！　と目の前に皿を差し出される。ここまでされて断るのは野暮というものだろう。小乃実は手にしていた小皿に瀬里の戦利品をひとつ移動させてから「いただきます」と頬張った。

「んーっ、お肉の脂が蕩《とろ》けるー!!」

「美味しいですよねぇ。毎回出してもらいたいです」

社員の福利厚生に重きを置いているだけあり、用意されている料理はどれも美味しい。小乃実はひとしきりお腹を満たすと、グラスを手に海外赴任から戻ってきた社員の輪に滑り込んだ。

「杜口《もりぐち》さん、平尾《ひらお》さん、お帰りなさい！」

「おぉ、喬橋さん久しぶりー！」

「やっと帰ってこれたよ」

顔見知りに挨拶をしつつ、面識のない帰国組の社員にも自己紹介をして回る。社内であった最近の出来事をかいつまんで話していくと、どこか居心地を悪そうにしていた赴任期間が長かった人も、これ幸いと言わんばかりの顔で耳を傾けてくれた。

「去年システムが新しくなって申請の方法も変わっていますから、わからないことがあればいつでも声を掛けてください」

「そう言ってもらえると助かるよ。なにせ俺達は浦島太郎《うらしまたろう》と同じだからね」

「いえいえ、これくらいはお手伝いさせてください！」

皆の安堵した様子に小乃実はにっこりと微笑んだ。

とりあえず交流会での目的は果たした。残りの時間を使ってまんべんなく知り合いに声を掛け、雑談という名の愚痴に相槌《あいづち》を打つ。そうこうしているうちにお開きの時間となり、社内交流会を取り仕切る総務部の社員に交じって後片付けに取りかかった。

「このちゃん、それ重いよ？　大丈夫？」

「中身は空っぽですし、これくらい平気です！」

ワインボトルの入ったコンテナを持ち上げ、台車へ手際よく積んでいく。その横を小さな紙袋を手にした女性社員が通りかかった。

「喬橋さんすごーい。私、そういう物は絶対に運べなーい」

「こう見えて力があるんですよ。あっ、そこは段差があるので気をつけてくださいね」

「……ありがとう、ございます」

彼女は総務部に所属しており、片付けをせずに抜け出して帰ろうとするので先輩に注意されているのを何度か見かけたことがあった。今も残った料理をオフィスに運ぼうとしているから、きっとそのまま帰るつもりなのだろう。

あからさまな嫌味を言ったはずが逆に気遣われたのが気まずかったらしい。それ以上は絡んでくることなくそそくさと去っていった。

最後まで片付けを手伝った小乃実が自分の席に戻ったのは、そろそろ二十一時になろうかという時間だった。既に営業部は皆退勤したらしい。薄暗いオフィスで帰り支度を済ませるとエレベーターホールへ向かった。

「あっ。このちゃん、お疲れ様」

「……っ、わぁっ、お疲れ様ですっ！」

今日はやけにボトルの数が多かった。さすがに疲れたな、と思いながらエントランスに降り立つと、こちらへと視線が一斉に注がれた。なに⁉　と焦りながら瞬時に仕事モードへと切り替える。十名ほどの集団の中から声を掛けてきたのは、経営企画室の白部玖美子だった。

「随分と遅いんだね。なにかトラブルでもあったの？」

「いえいえ！　交流会の片付けをお手伝いしていただけです」

「そうなんだ。いつも偉いわね」

よくよく集団を見てみると、玖美子の他にも何人か経営企画室の社員がいる。他の面々に共通する点に気付いた瞬間、小乃実は小さく息を呑《の》んだ。

これはまずい、早く退散しないと。焦る内心とは裏腹に玖美子との他愛のないお喋《しゃべ》りが続いた。

「お待たせー……って、あれっ？　喬橋さんだ」

「湖条さん、お疲れ様です」

どうしてこうも嫌な予感ばかり的中するのだろう。今すぐダッシュで逃げてしまいたいのを必死で堪え、陽気に登場した雅志の後ろに立つ男へぺこりと頭を下げた。

「お疲れ様です、室長」

「うん、お疲れ様」

久しぶりに言葉を交わした経営企画室の室長、伊庭野千彰は相変わらずの美貌にいつもの柔らかな笑みを浮かべている。

この場にいるのは千彰と親しい社員ばかりだ。彼もまた交流会に出席していたが、絶えず人に囲まれているので接触しないで済むと安心していたのに。

こうなったらさっさと退散するのみ。視線が空を彷徨《さまよ》いそうになるのを堪え、にこにこと微笑みながら静かに一歩後ずさった。

「それじゃあ、お先にしつれ……」

「あぁ、待って」

かつん、という硬い音と共に千彰が目の前に立つ。空けた以上の距離を詰められたのは気のせいだろうか。

「これから少し飲みにいこうと思っているんだけど、喬橋さんもどうかな？」

「えっ、私が……ですか？」

思いもよらない申し出にぽかんとしていると、すかさず玖美子と雅志が加勢してきた。

「うんうん、このちゃん是非来てよ！」

「俺も賛成！　一度ゆっくり話をしてみたかったんだよね」

経営企画室はエリート揃《ぞろ》いだし、千彰と親しくしているのは活躍している社員ばかり。そんな飲み会に平々凡々な営業アシスタントが参加するだなんて場違いもいいところだ。

「いえっ、皆さんのお邪魔をするわけにはいきませんっ！」

「邪魔だなんて思わないよ」

小乃実が全力で遠慮するとやんわり否定された。玖美子や雅志だけでなく、他の面々もにこやかな顔で歓迎の意を示している。

千彰がどんな意図で誘ってくれたのかわからないが、これは社交辞令だと確信する。行き合った手前、小乃実を置いて飲みにいくのは決まりが悪いと判断したに違いない。それであれば単に遠慮するのではなく、しっかりとした理由で断らなければ。

「大変有難いお誘いなのですが、その……私、家がちょっと遠いものですから」

咄嗟に口から飛び出した嘘《うそ》はなかなか説得力のあるものだった。終電が早いのだと暗に伝えると一瞬にして諦めの雰囲気が漂ってくる。

「そうなんだね。残念だけどまたの機会にしよう」

「本当に申し訳ありません」

遅くなったら帰りのタクシー代を出す、なんて言われたらどうしようと思ったが、千彰はそこまで無理強いする人ではない。あっさり引き下がったところを見るとやはり社交辞令だったのだろう。ようやく外に向かって動き出した集団の後ろを玖美子と並んで歩いた。

「このちゃん、遅くなる月末月初めなんかはどうしてるの？」

「えーと……友達の家に泊まらせてもらっています」

「そうなんだ。もっと近くに引っ越せばいいのに」

「今のアパートは結構気に入っているんですよ」

本当は、小乃実が一人で暮らしているアパートはまったく遠くない。

オフィスの最寄り駅からターミナル駅を経由し、別の路線に乗り換えてたった一駅。終電は日付が変わる直前までである。ターミナル駅までであれば更にその三十分後までであるので、最悪はそこから歩いても帰れるのだ。

オフィスへのアクセスのよさを第一に考えて選んだ物件なので、部屋はやや狭いし築年数もそれなりに経っている。だから気に入っているとはとてもいえなかった。

ひとつ嘘をつくとそれを隠すのに新たな嘘を重ねてしまう。良心が激しく痛むものの、こうするしかなかったのだと自分で自分に言い訳した。

「それでは、失礼しまーす」

「お疲れ様。気をつけて帰ってね」

大通りに向かう千彰達とはここでお別れ。ほっとしたような、でも少しだけ残念な気持ちを抱えながら小走りで駅へと向かう。

離脱に必死な小乃実には、その背中をじっと見つめている存在に気付くわけもなかった。

◇◆◇

「小乃実、ランチ行かない？」

翌日、同期である三花が外回りから戻ってくるなり一目散に小乃実の席にやって来た。お帰りなさいと伝える間もなく誘われ、反射的に「いいよ」と答えてしまう。

社内のカフェテリアであればお弁当派の小乃実と外食派の三花でも一緒に食べられる。小さめのトートバッグにお弁当とハンカチ、そしてスマホを入れるとおもむろに立ち上がった。

ランチタイムには少し早い時間なので、今なら席は選び放題だ。窓際にある二人用の丸テーブルを確保し、三花は注文に向かった。

「なにかあったの？」

今日の日替わりパスタはカルボナーラのようだ。トレイがテーブルに置かれたのを見計らい、少し緊張しつつ訊ねる。

いつもであれば外で昼食を済ませてくるはずなのに、わざわざ小乃実をランチに誘ってきたのだ。三花はグラスの水を一口飲んでからずいっと身を乗り出してきた。

「昨日さ、伊庭野室長から飲みに誘われたんだって？」

「えっ……どうして知ってるの？」

内心では焦ったもののきょとんとした顔をすると、すぐにネタ元を教えてくれた。

小乃実が誘いを受けているまさにその時、三花と親しい総務の社員がエントランスを通過していったらしい。

あの時は驚きすぎて周りがまったく見えていなかったな、と密かに反省した。

「それでどうだった？　どんなお話ししたのっ⁉」

三花は一緒に行ったのだと信じて疑っていないようだ。無理もない、と思いながらほうれん草の胡麻和《ごまあ》えを箸で摘まみ上げた。

「行ってないよ」

「……は？」

驚きで固まる三花をよそにほうれん草を口に運ぶ。うん、新しいレシピで作ってみたけどこっちの方が美味しい。

「なんでっ⁉」

「だって、どう見ても社交辞令だったもん」

「いやいや、社交辞令だろうがなんだろうが、チャンスは有効利用しないと！」

「そういうんじゃないの。私はただ憧れているだけ」

千彰のファンは社内に大勢いるし、その中にはあわよくば恋人になって次期社長夫人の座を狙っている人もいるだろう。なんとあの奈々美もその一人だという噂を聞いたことがある。

小乃実は自分の平凡さをよく知っている。優しくて仕事のできる「伊庭野室長」を心の潤いとしていただけで、それ以上の関係は望んでいなかった。

とはいえ、例の件のせいでささやかな楽しみすら失ってしまい、己の迂闊《うかつ》さを猛省している真っ最中なのだが。

「ふーん……じゃあ、出会いの場を提供してあげよっか」

「今は遠慮しておくよ」

「っていうより、助けてほしいんだよね。割と切実に」

不満げだった三花だが理由に納得したらしく、ようやくフォークを手にした。まだ湯気の上っているパスタをくるくると巻き取りながら話を続ける。

明後日、つまり金曜日に三花は大学時代の友人に誘われて合コンに参加するらしい。だが今日になって女性側に一人欠員が出てしまった。手分けして探しているものの直前かつ週末ということもあり、なかなか代打が見つからない。

人数が足りなければ合コンそのものが流れてしまうが、三花の友人の晴子《はるこ》が狙っている相手がいるのでなんとか開催にこぎつけたい。

真剣な眼差しで切々と語られ、小乃実はそういうことならばと頷《うなず》いた。

そして金曜日――。

「小乃実ちゃん、ほんっとにありがとう‼」

「いえいえ、お役に立ててよかったです」

待ち合わせ場所である駅に着くと、晴子が顔を合わせるなり拝まんばかりの勢いで感謝してくれる。すれ違う人達が何事かと振り返ってくるのでやめてほしい。晴子のターゲットはどんな人なのか、画像を見せてもらってからお店へと向かう。

合コン会場は小洒落た洋風居酒屋。店の前で待っていたもう一人の友人と挨拶してから揃って入店した。

八人用の席は半個室になっているので、賑《にぎ》やかな店内でも周りの声はあまり気にならずに済みそうだ。すかさず三人へ奥に入るように勧めると、自分は一番通路に近い席へと陣取った。

小乃実はあくまでも数合わせ要員であり、場の盛り上げ役でもある。会話に参加しつつ、タイミングを見計らって空いたお皿やグラスを引き取り、ドリンクを注文するというアシスタント業務に精を出す。

だが、あまり専念すると不審に思われてしまう。話が途切れそうになったら、さりげなく話題を提供するのも忘れなかった。

開始から終了まで、ひたすら手と口を動かす。もちろん、ちゃんと笑顔を保つのも忘れない。三花もまた営業で培った会話力を存分に発揮し、実に楽しい雰囲気のまま店を出た。

「いやー、これで解散するのは惜しいなぁ。よかったらもう一軒行かない？」

「ぜひぜひ！」

二次会は定番であるカラオケボックス。みんな元気だなぁ、と小乃実は笑顔を維持しながら内心で溜息《ためいき》をついた。

お目当ての彼からの提案に晴子はすかさず同意している。三花ともう一人も乗り気なようだが、小乃実はすっかり疲労困憊《ひろうこんぱい》。これ以上は愛想笑いを続けるのは厳しそうだ。

幸い、みんなほろ酔いで誰も小乃実の方を見ていない。このままフェイドアウトして、後で三花にメッセージを送ろう。ちょうど別の集団が小乃実達の列を横切り、姿が完全に隠れたタイミングでUターンした。

金曜の夜だけあり、飲食店が建ち並ぶ通りは大勢の人が行き交っている。この状況では人探しはまず不可能だろう。信号待ちのタイミングで、三花へ「具合が悪くなったので失礼するね」とメッセージを送った。

「小乃実ちゃん待って！」

「えっ……」

信号が青になり歩き出そうとしたその時、後ろから肩をぽんと叩かれた。振り返るとそこには先ほど知り合ったばかりの男が立っている。たしか名前は……戸森《ともり》といっただろうか。軽く息を弾ませているところを見ると、どうやら走ってきたらしい。

「どうして帰っちゃうの？　なんかあった？」

「あ……すみません。実は飲みすぎてしまったみたいで、先に帰らせてもらおうと思いまして」

「そうなんだ。急にいなくなってびっくりしたよ」

彼は一次会で小乃実の真正面に座っていたので、必然的に話をする頻度が高かった。だが、そのほとんどが自慢話だったので正直聞いていても楽しくない。それでも会話の矛先が晴子達に向いては困る。だから熱心に耳を傾けているふりをしていたのだが。

「それなら送っていくよ」

「いえっ！　そこまでしていただかなくても大丈夫です」

「遠慮しなくていいって。家はどっち方面？」

さりげなく個人情報を訊き出そうとしてくるあたり、こういったやり取りには慣れているらしい。小乃実は引きつりそうになる頬を無理やり引き上げると、肩に乗せられたままの手からさりげなく逃れた。

「お気遣いは有難いのですが、一人で帰れますので」

「あれっ？　よく見たら随分と顔色が悪いね」

貴方《あなた》の相手で疲れているからです！　と言いたいのを堪えていると、素早く伸びてきた左手に腕を摑まれた。

「このまま帰らせるのは心配だからさ……どっかで休んだ方がよくない？」

「けっ、結構です！」

多くの人が二人の横を通り過ぎていくが、繁華街では見慣れた光景なのだろう。誰一人としてこちらへ注意を払ってくれる様子は見られなかった。

こんなことになるくらいなら、無理をしてでも二次会に行くべきだったと後悔する。次に信号が青になったら、思いっきり腕を振り払ってダッシュしよう。そんな逃走プランを見透かすように腕を摑む手に力が籠められた。

「放して、くださいっ」

「まぁまぁ、ちょっとくらい付き合ってくれたっていいじゃん」

「喬橋さん」

背後からの呼び掛けにぱっと振り返る。端整な顔にやや硬い表情を乗せたその人が足早に近付いてきた。

「伊庭野、室長……」

まずいと思ったのか、素早く手が離れていく。引き寄せられないように踏ん張っていたのに突然解放され、よろけた身体がすかさず後ろから支えられた。

「すみま、せん」

「気にしないで。それで、彼女になにか?」

小乃実を見下ろし、千彰が優しく微笑みかける。そして正面に立つ戸森へいつもより低い声で問い掛けた。

「あのっ、俺は、下心とかは全然なくって……具合が悪いと言うので送っていこうとしていただけです‼」

強引に連れていこうとしていたのに、あれで下心がなかったなんてよく言えたものだ。普段の小乃実であれば心の中で思いっきり悪態をついてやるのだが、今はそんな余裕がない。

一方の千彰は「そうでしたか」と小さく頷いた。

「ご親切にありがとうございます。では、私が引き継ぎましょう」

「は、はいっ。失礼します！」

モデルと見紛うばかりの千彰には太刀打ちできないと瞬時に悟ったらしい。戸森は一礼すると凄まじい勢いで雑踏に紛れていった。あまりの素早さに呆気《あっけ》に取られていた小乃実だが、現状を思い出すなりひゅっと息を呑む。

「お、お手数をお掛けしました……」

あんな男の誘いすらうまく躱《かわ》せないのかと呆れているに違いない。恥ずかしさと申し訳なさでいっぱいになり、目の縁にじわりと涙が浮かんだ。瞬きを繰り返して零れるのをなんとか防ぎ、深々と頭を下げる。

「何事もなくてよかった。とりあえず乗って？」

いつの間にか繋がれた手が横断歩道の端へと導く。そこに停まっているのは、オフィスのエントランスで何回か見かけたことのある車だった。遠慮する間もなく後部座席へと座らされる。あまりの座り心地のよさに驚いていると、千彰が隣に腰を下ろした。

週末だけあり、車の流れはスムーズとはいえない。やっぱり歩きます、と言いかけた小乃実の視界にくっきりとした瞳が映り込んだ。

「送っていくよ。どちらに向かえばいいかな？」

「いえいえ！　まだ電車はありますので大丈夫ですっ！」

「もう二十二時を過ぎたよ」

「はい、まだ余裕です！」

駅まで送ってもらうのでさえ申し訳ないというのに、自宅アパートまで⁉　畏れ多いにもほどがある申し出に力いっぱい遠慮すると、千彰の瞳がすっと細められた。

「でもこの前、電車がなくなるって……言っていたよね？」

「あっ………」

千彰に指摘された瞬間、全身からざあっと血が引いていく。そうだった。家が遠いという設定にしてあったのに、頭からすっかり抜けていた。

「嘘をついた理由を教えてほしいな」

「あの、そ……れは………」

どうしよう。どうしたらいいの？　こんなにもあっさりとバレてしまうなんて。

もうどんな言い訳をしたところで千彰に嫌われてしまう。いつも柔和な笑みが浮かんでいる顔に軽蔑の表情が乗り、冷ややかな声で糾弾する様を想像しただけで鼻の奥がツンと痛くなってきた。

「も、申し訳……ありま、せん」

とにかく今は謝るしかない。許してもらおうだなんて思っていないけど、これ以上の好感度ダウンだけは避けたかった。

「あぁ、泣かないで」

「……っ、すみませ、ん」

目尻に滲《にじ》んできた涙を優しく指先で掬《すく》い取られる。こんな冴《さ》えなくて嘘つきな人間にまで優しくしてくれるなんて。別の感情がまた涙を湧かせようとするのを、奥歯を嚙みしめて堪えた。これ以上彼の前で涙を流したくない。

「具合が悪いと言っていたよね。自宅に送っていくのが嫌なのであれば、せめて少し休んでいってほしい。もう少しで着くから、そこでゆっくり話を聞かせてもらうね」

「は、い……」

戸森の誘いと言われていることは同じなのに拒絶できないのはなぜだろう。膝の上にのせた鞄を握りしめ、俯いたまま車の揺れに身を任せる。

ちょっと失礼、と言い置いて千彰がスマホを取り出す。画面を操作してから持ち上げられたのが横目で見えたので、どこかに電話を掛けるつもりのようだ。

「……私だ。例の物を急ぎ用意してほしい…………あぁ、よろしく頼む」

漏れ聞こえてきた声は小さく不明瞭だったので、誰に何を頼んだのかまったくわからない。大いに気になる会話だったが、当然ながら小乃実には訊ねる勇気などあるはずもなく、ただひたすら沈黙を貫いていた。

千彰の言葉通り、十分と経たずに目的の場所らしきところへ到着した。

「おいで」

柔らかな声と共に差し出された手に自分のものをおずおずと重ねる。地面へと降り立ち、周囲を見回していると——急に視点が高くなった。

「ひゃあっ！」

「こら、大人しくしなさい」

命じられた瞬間、小乃実はぴたりと動きを止める。至近距離にあるくっきりした目が満足げに細められ、姫抱きされたまま建物の入口へと運ばれていく。

屋根付きのロータリーがあるのでホテルの類かと思いきや、広々としたエントランスにあるのは立派なカウンターだけだった。

一体ここはどこなのだろう。千彰に訊ねるべきか迷っているうちにカウンターの方へと運ばれていく。

「伊庭野様、お帰りなさいませ」

「あぁ」

「ご依頼のお品はボックスへ入れてございます」

「わかった。ありがとう」

コンシェルジュと思しき男性は微笑みながら一礼する。彼は子供のように抱えられている小乃実を見て見ぬふりをしてくれる。気遣いはとても有難いけど、少々複雑な気分になった。

大きな自動ドアをくぐり抜けるとつきあたりにある銀色の扉が音もなく開かれる。千彰は迷いのない足取りでその先へ進んでいった。扉の向こう側は余裕で十人は入れそうな小さな部屋になっており、壁にパネルが埋め込まれている。装飾のない無機質な空間はＳＦ映画に出てくる宇宙船を連想させた。

千彰がパネルに右手をかざす。僅かに間が空いてから扉が静かに閉まり、小部屋ごと上昇していくのを感じた。階数などは表示されていない。小乃実はひたすら大人しくしているよりほかはなかった。

ほどなくして停止したエレベーターから出ると、またもやシンプルな黒い扉が目の前に鎮座している。千彰は先ほどと同様に右手をかざしてロックを解除し、小乃実を運び入れた。

「あの、ここは……？」

「私の自宅だよ。一旦下ろすから靴を脱いで」

「はい……」

玄関というには広い空間に着地し、もぞもぞとパンプスを脱ぐ。少し先に並べられているスリッパを履《は》いた方がいいのだろうか。迷っているうちにまたもやひょいと抱えられてしまった。

「あのっ、私、歩けます……っ」

きっと戸森の言い訳を真に受けているのだろう。だが、具合が悪いと言ったのは抜け出すための口実にすぎない。そもそも酔うほどお酒も飲んでいない。いや……飲んでいる暇がなかった、といった方が正確だろう。

「はい、到着。少し待っていてね」

リビングと思しき場所に到着し、ぽすんとソファーに着地した。千彰はカウンターキッチンへ向かうと冷蔵庫からミネラルウォーターのペットボトルを取り出す。

「ありがとうございます……いただきます」

このやり取りはいつぞやの出来事を思い出させた。冷たい水が喉を流れ落ちていく感覚が心地いい。ほんの少しだけ冷静さを取り戻したものの、すぐ隣に千彰が腰を下ろした途端、再び緊張が高まってきた。

「今日は誰と飲みにいっていたの？」

「ええっと、あの、同期の柳井さんと、彼女の大学時代のお友達、です……」

「そう。さっきの彼は友達には見えなかったけど、他にもいたのかな？」

戸森は自己紹介で三十三歳と言っていた。年相応の顔立ちをしていたのでさすがに友達だと言い張るのは無理がある。

それにもうこれ以上、千彰に嘘をつくのは嫌だ。小乃実は三花に頼まれ、合コンに人数合わせ要員として呼ばれたのだと白状した。

「なるほど。でも、少しはいい出会いを期待して参加したんじゃないの？」

「違います！　私はただ、楽しく食事ができればいいなって思っていた、だけで……」

「それじゃあ、俺達とは楽しく過ごせないと思ったから断ったんだね」

痛いところを突かれ、小乃実は言葉を失った。もしかして千彰は小乃実が嘘をついたことではなく、嘘をついてまで誘いを断ったことに腹を立てているのかもしれない。

誤解です、断りたくて断ったんじゃありません。そう言いたいのに言葉が喉に張り付き、どうやっても出てこない。

薄く唇を開き、なんとか説明しようとする小乃実の頬にそっと手が添えられた。

「なにか喬橋さんの気に障るようなことをしてしまった？」

「……っ、いいえ！」

「でも最近、俺を避けてるよね。理由を教えてほしいな」

するりと頬を撫《な》でられ、ペットボトルを握りしめる手に力が籠もる。

誤解されたままでいるのは絶対に嫌。事情をちゃんと説明しないと。

でも――最後まで我慢できるだろうか。不安でいっぱいだがとにかくやってみるしかない。

小乃実はペットボトルをテーブルに置き、膝の上で両手を揃えた。姿勢を正してからこちらを見下ろす千彰の目をまっすぐに見つめる。

「先月、室長に迷惑をかけてしまった件ですが、助けていただき本当にありがとうございました」

「その件なら気にしなくていいよ。わざわざ新しいハンカチまで用意させてしまって、逆に悪かったね」

「いえっ！　直接お礼もせずに申し訳ありませんでした。それで、その……」

この際だからお礼とお詫びもしてしまおう。そして遂に避けていた理由を打ち明けなければならない時が来てしまったようだ。心臓がどくどくと嫌な音を立て、指先が冷たくなってくる。

「職場で子供じみた振る舞いをしてしまったので、室長に呆れられてしまったと……思いまして。合わせる顔がありませんでした」

懸念していた通り、目の縁が段々と熱くなってきた。歯を食いしばって耐えていると視線の先にある顔にふわりと笑みが浮かぶ。

「そういうことだったんだね。よかった。嫌われたのかと思っていたよ」

「それだけは絶対にありえません！」

小乃実がめいっぱい力を籠めて否定すると、千彰が困ったように眉尻を下げる。これは信じていない顔だ。

「室長は私みたいな一般社員にも優しく接してくださいます。指示される時もわかりやすく説明してくださいますし、こんなに素敵なのに偉ぶったところもなくて、その……私にとって憧れの人です！」

職場で泣きじゃくっている人がいたら、普通は見て見ぬふりをするだろう。もし助けてくれるとしても、あそこまで徹底的にフォローしてくれる人なんていない。

状況を瞬時に把握し、機転をきかせられる親切な人物など千彰以外いない。突然のトラブルに慌ててしまい、うまく対応できない小乃実にとって尊敬すべき存在なのだ。

力説したせいで息が上がり、顔が火照ってくる。頬に添えられたままだった千彰の指が下瞼をそっと撫で、ようやく頬が濡れているのに気付いた。

あぁ、やっぱり我慢できなかった。この程度で泣いてしまうなんて、今度こそ呆れたに違いない。

「こんなにも必死な顔で告白してくれるなんて……本当に可愛い」

告白、というワードにびしりと身体が固まる。フォローするのに一生懸命になるあまり、余計なことまで口走ってしまった。

「め、迷惑ですよね。申し訳ありません……」

ずっと前から小乃実が好意を抱いているのは気付かれていただろう。だけど、それはあくまでも憧れだったし、本人に言葉で伝えるつもりは微塵《みじん》もなかった。

どうしよう。恥ずかしくてもう会社に行けない……！　透明な雫がぽろぽろと溢れ、小乃実の頬を濡らしていった。

「迷惑だなんて思っていないよ。むしろ嬉《うれ》しい」

「え……？　きゃあっ！」

頬から温もりが離れたと思いきや、横抱きにされた。少々乱暴な手付きで扉が開かれて廊下に連れ出されると、更に奥へと歩いていく。

廊下のつきあたりにある部屋は真っ暗で、まったく様子がわからない。千彰は迷いのない足取りで進み、立ち止まるなり小乃実をそっと下ろした。起こしかけた肩をやんわり押し戻され、仰向けの体勢のまま動けなくなる。

「あ、の……？」

ぱちんとスイッチの音が鳴り、頭のすぐ横にあるものが淡い光を放つ。ぼんやりと映し出された場所は寝室と呼ばれるところだった。

そして千彰は――小乃実の肩の上に両手をつく形で覆い被さっている。

どうしてこんな状態になっているのかまるでわからない。想像すらしたことのないシチュエーションが理解できず、目を瞠ったまま言葉を失う。そんな反応を見越していたかのように千彰が悠然と微笑んだ。

「俺も喬橋さんを独占したいって思ってたんだ。だから俺達は……両想いなんだよ」

え、という微かな呟きは重ねられたものによって塞がれてしまった。

これって……キス、してる？

焦点が合わないほど近い距離にあるのは、伏せられた睫毛《まつげ》。いつも密かに眺めては「長いなぁ」と思っていたものがすぐ目の前にあった。

柔らかな熱がちゅっと音を立てて離れていく。ゆるりと弧を描いた唇が今度は目尻に押し付けられ、いつの間にか止まっていた涙の残滓《ざんし》を吸い取られた。

「あぁ……可愛い。可愛くて堪らない」

うっとりとした口調で紡がれる言葉の意味が小乃実にはわからない。

可愛い？　なにが？　混乱しているうちに再び唇を塞がれた。

「……ん、んっ」

あまりの息苦しさに身を捩《よじ》るとゆっくりと離された。酸素を求めて荒い呼吸を繰り返す様を見下ろす千彰の目には驚きが浮かんでいる。

「もしかして、キスするのは初めて？」

小乃実は無言のままこくりと頷いた。ドラマや映画で散々観てきたけれど、いざ自分がするとなると息苦しくてとても続かない。役者さん達はどうやってあんなに長くしているんだろう。

必死で呼吸を整わせながらとりとめのないことを考えていると、千彰が口元を綻ばせるではないか。

「本当に？　じゃあ、俺が初めての相手？」

「そう、です……」

小乃実は今年で二十六歳になった。この歳まで交際経験がないことに引かれると思いきや、千彰は嬉しくて堪らないと言わんばかりの顔をしている。

「こういう時は鼻でゆっくり息をするんだよ」

「でも、息がかかってしまいそうで……」

「気にしなくて大丈夫。練習して、もっと長くできるようになろうね」

「はい……」

練習って？　湧き上がった疑問はキスされた瞬間に霧散する。さっきよりきつく押し当てられてから、かるく歯を立てられ、小乃実はびくりと身を震わせた。驚いた拍子に薄く開かれた隙間に、機を狙っていたかのようにぬるりとしたものが侵入してくる。

「……う、はぁ………」

口の中を自分のものではない舌が蠢《うごめ》いている。初めての感触なのに不思議と嫌悪感は湧いてこない。唇の裏側を舌先でなぞられると腰のあたりからぞくぞくしたものが這《は》い上がってきた。

「上手だよ。やっぱり小乃実は物覚えがいいね」

濡れた唇で名を呼ばれた瞬間、身体が一気に熱くなる。まさか千彰に名前を、しかも呼び捨てにされる日が来るなんて。ひくりと喉を鳴らすと軽やかなキスが降ってきた。

「小乃実の全部が見たいな」

「全部……です、か？」

「そう。いい？」

スカート越しにするりと太腿《ふともも》を撫でられ、小乃実は咄嗟にその手を摑む。いやいやと左右に頭を振ると千彰が耳元に唇を寄せてきた。

「どうしてダメなのかな？」

「恥ずかしい、です……」

小乃実は平均よりも小柄で平凡な顔立ちをしている。色々な人から「可愛い」と言われているけど、それは容姿ではなく振る舞いに対しての評価なのは知っていた。

十人並みでしかない身体を、これまで美女としか付き合ったことがないであろう千彰の眼前に晒せるはずがない。

千彰の手を押さえていたはずが、いつの間にか指を搦《から》めるようにして繋がれている。掌同士を隙間なく合わせ、しっかり握り込まれる感触に心臓が大きく跳ねた。

「俺は小乃実が好きで仕方ないんだ。だからすべてが見たいし、触れたい……」

「あっ……」

耳たぶを嚙まれ、小さな痛みが流し込まれる。普通であれば嫌なはずなのに、どうして気持ちいいと思ってしまうんだろう。千彰は甘嚙みしながら低い声で囁く。

「お願い、小乃実。俺に全部ちょうだい？」

「…………は、い」

甘い言葉と熱い吐息を吹きかけられ、頭が徐々に霞《かすみ》に覆われていく。操られるかのように答えると、繋いでいない方の手が背中とシーツの間に滑り込んできた。上半身を起こされ千彰と向かい合わせになるなり、ちゅっと唇に吸い付かれる。

「俺のネクタイを外してくれる？」

「はい。やってみ、ます……」

高校時代の制服がブレザーだったので、式典などではネクタイを着用していた。とはいえ、自分のものとは少々勝手が違う。

結び目を緩めようとシャドーアーガイル柄のネクタイに奮闘する。ネイビーを基調としたそれは触り心地がいい。生地が指を滑る感触にうっとりしていた小乃実は、シャツワンピースの前ボタンがすべて開けられていることに気付いていなかった。

「でき、ました」

「ありがとう。いい子だね」

千彰に褒めてもらえるのはやっぱり嬉しい。えへへ、と笑うと額にご褒美のキスが降ってきた。もっと褒めてもらうにはどうしたらいいんだろう？　期待を籠めて見上げると綺麗な顔に甘い笑みが浮かんだ。

「じゃあ次は、シャツのボタンを外せる？」

「はい……」

一番上のものに苦戦したが、それ以外はなんてことはない。順調に命令を遂行していると不意に未知の刺激が小乃実に襲いかかってきた。

「きゃうっ！」

「あぁごめん。少し強くしすぎたね」

謝る言葉を口にした千彰は胸の膨らみをやんわりと掴み上げる。綺麗な指先が自分のささやかな双丘に沈められている光景に眩暈《めまい》がしてきた。

いつの間に⁉　と驚く暇もなく身を震わせる。先ほどより刺激は少ないけれど、それでも小乃実の指を止めるには十分だった。シャツの襟元を握りしめたまま身悶《みもだ》える姿を千彰が見つめている。

刺激に耐えるので精一杯な小乃実はその瞳に浮かぶ嗜虐《しぎゃく》の色に気付く余裕はなかった。

「柔らかくて気持ちいい。ずっと触っていられる」

「やっ……もう、やめてくだっ、さい……」

「気持ちよくない？　ほら……ここか」

「やあああ……っ、おかしく、な……るっ！」

先端を指で摘まみ上げられた瞬間、全身を電流が駆け抜けたような錯覚に陥る。過ぎる刺激に耐えきれずふらりと身体が傾いだ。

シャツを摑んだままベッドに倒れ込んだので必然的に着ている相手を道連れにしてしまった。またもや覆い被さる形となり、千彰がくすっと笑った。

「初めてなのに大胆だね」

「あ、ごめんな……さ、い」

慌てて手を離したがもう後の祭り。ぽろりと目尻から零れ落ちた雫は千彰にすかさず舐《な》め取られた。

「小乃実が全部外してくれないと、ずっとこのままだよ」

「はい。がんばり、ます……」

まだ上から五つしか終わっていない。再び手を伸ばすと小さくて薄いボタンとの格闘を再開した。胸をやわやわと揉《も》みしだかれるたびに身を震わせ、息を乱しながらも与えられた任務を必死で遂行する。

「あぁ、ついでにベルトも外してほしいな」

裾は引っ張り出すべきだろうかと考えていると千彰から追加で命令が下された。他人が着けているベルトを外すだなんて、これまで一度もしたことがない。言われたからにはやるしかない。しなやかな革を軽く引くとかちゃりと小さな金属音が響いた。

ネクタイを解いたりシャツのボタンを外すのも十分恥ずかしいけど、ベルトはなんだか格

別の羞恥を覚える。早く終わらせようと焦れば焦るほど指がうまく動かない。それでも必死の思いで緩め、シャツの裾を出すとすべてのボタンを外し終えた。

「お、わり、ました……」

「うん。お疲れ様」

小乃実は浅く細切れな呼吸の合間に報告する。それまでずっと胸を弄んでいた手がようやく離れ、肩口へと滑り込んできた。上半身を軽く浮かせてからシャツワンピースの袖を抜かれる。

「小乃実、腕を上げて」

柔らかな声で下された命令に、小乃実は返事をする間もなく従った。スリップとブラをまとめて脱がされると、今度は腰がぐっと浮き上がる。

「あっ……！」

咄嗟に手を伸ばしたが一歩遅かった。空を切った指先のほんの僅か先ではショーツがストッキングごと引き下ろされていく。身を捩ったところで大した抵抗にはならず、千彰の手によって一糸纏《まと》わぬ姿にさせられた。

「動かないで。そのままでいなさい」

秘部を隠そうとした手が言葉によって縫い留められる。行き場を失くしたもので拳を作り、必死で羞恥に耐える。千彰は小乃実を悠然と眺めながら、ジャケットとワイシャツを脱ぎ捨てた。

どうやらこの人は着痩《や》せするタイプらしい。想像していたよりも逞《たくま》しい胸元を思わずじっと見つめてしまった。

「こら、ちゃんとこっちを見て」

我に返った小乃実が慌てて目を背けると咎《とが》めるような声が降ってくる。そろそろと頭を元の位置に戻すと、スラックスのボタンを外しながら千彰が悠然と微笑んだ。

男性が服を脱いでいく様を凝視するだなんて、まるで痴女みたいだ。憧れの相手がどんな身体をしているのか、想像したことがないといえば嘘になる。だけどその人のストリップショーを生で鑑賞したいとまでは思っていなかった。喜びより遥《はる》かに羞恥が勝る状況に、一度は落ち着いたはずの涙がじわじわと蘇《よみがえ》ってくる。

「お待たせ」

ぼやけた視界に千彰の顔が大写しになった。

次の瞬間――小乃実の全身が温かなものに包まれる。さらりとしていて適度な弾力のあるそれは、初めての感触なのに不思議と心地よく感じられた。

「はぁ……気持ちいい」

うっとりとした声が頭上で響き、今になってその正体を理解する。入社以来、ずっと憧れの存在だった人と裸で抱き合っている。ただ絡まれていたのを助けてもらっただけなのに、どうしてこんなことになっているんだろう。

想像すらしたことのなかった状況に直面し、遂に小乃実は理解する努力を放棄した。

「これでもっと可愛がってあげられるよ」

「も、十分で……っ、んん……っ」

断りの台詞《せりふ》を唇で遮り、千彰は再び膨らみ全体をやんわりと掴んだ。指で硬く尖《とが》った先端を挟んで同時に刺激を与えてくる。びくびくと小刻みに身を震わせる小乃実の腰にはもう一方の腕が回されているので逃れる術はなかった。

「は……っ、んんっ………」

千彰の唇が頤《おとがい》から首へと滑っていく。更に左の鎖骨へと移動するなりきつく吸い付いてきた。小さな痛みの後に熱を帯び、それから徐々にじんじんしてくる。なにをされたのかを理解するより先にずっと弄ばれていた胸の先端に湿った感触が這わされた。

「あのっ、しつちょ………きゃっ！」

呼び掛けた途端、じゅうっと音を立てて吸われる。悶える小乃実の目にこちらを見上げる千彰の顔が映った。眉根を寄せているがなにが気に入らないのだろう。

問おうとするより少しだけ早く歯を立てられた。

「ひゃっ！　それ……っ、ダメ、です……！」

「小乃実、俺の名前は知っている？」

先端を口内に収めたまま問われ、小乃実は震えながら必死で頷く。もちろん知らないはずがない。今更すぎる質問の意図はすぐさま判明した。

「じゃあ呼んでみて」

「えっ」

「もちろん、名前の方だよ」

一瞬、聞き間違いかと思ったがどうやらそうではないらしい。絶句する小乃実に催促するかのようにまたもやかぷりと歯を立てられた。

「やっ……！」

「ほら、早くしないともっと強くするよ」

今でも全身に響くというのに、更にきつく噛まれたらどうなってしまうかわからない。だけどこの人の名前を本当に口にしていいのだろうか。小乃実の葛藤を見透かしたかのように千彰が咥《くわ》えたものを見せつけてきた。

「…………ぁき、さん」

「聞こえないよ。もう一度」

「んっ！」

ちゃんと言ったつもりだったが、うまく声に乗せられなかったようだ。目の縁に涙が溜まっているのを感じながら小乃実は喉を震わせた。

「ち、あき……さん」

名前を呼んだ瞬間、ぶわりと全身が熱くなる。唇を噛みしめて恥ずかしさを堪える頬にちゅっとキスが降ってきた。

「これから二人きりの時はそう呼ぶんだよ」

「はい……」

これまで二人きりになったことはないが、これからはあるのだろうか。顔中に降り注いでくるキスを受け止めながら頭にぼんやりと疑問が浮かんだ。

「さて、少しは解れたかな」

千彰はそう呟きながら鳩尾《みぞおち》を撫でる。臍《へそ》を通り過ぎて更に下へと向かった指が脚の付け根へと滑り込んだ。

「千彰さっ……そこは、だ……めっ」

「どうして？」

男女が繋がり合う場所なのは知っている。だけどいざ触れられるとなると、どうしても怖さが先に出てしまった。これ以上は無理です、という意味を籠めて太腿同士をぎゅっとくっつけたものの、残念ながら失敗に終わった。

千彰の指は長くてほっそりしている。書類を繰る様を眺めながら、短くて丸みを帯びた自分の手と比べては綺麗だなと思っていた。それが今まさに、小乃実の秘部を目指して滑り込んでいるのだ。

「……や、あっ！」

指先が敏感な粒に触れた途端、脳天にめがけてびりっとした感覚が駆け上った。腰が跳ねた拍子に太腿から力が抜ける。千彰がそのチャンスを逃すはずがない。更に奥へと指を進め、くるくると円を描くように刺激してくる。

「やっ、やめっ……お願いしま、すっ！」

「必死になっちゃって、あぁ……本当に可愛い」

どんなに懇願しても千彰は指で嬲《なぶ》るのをやめてくれない。むしろ頼めば頼むほど喜んでいるように見えるのは気のせいだろうか。指先できゅっと摘まれた瞬間、目の前で光が弾けた。

「……ぁ」

「軽くイッたみたいだね。気持ちよかった？」

これが、イクっていうこと……？　初めての経験なのでよくわからないが、千彰が言うのだから間違いないだろう。すべての感覚が遠くなっているせいでうまく声が出せない。荒い呼吸を繰り返す小乃実の耳に不穏な囁きが届く。

「次はもっと気持ちよくなれるよ」

「……それ、は」

くちゅりと水音が立つと同時にさっきまで弄ばれていた場所の少し下が撫でられる。粗相をしてしまった！　身を固くすると千彰が小さな笑いを零した。

「たくさん感じてくれたみたいだね。もう挿《い》れても大丈夫かな……」

千彰の言葉の意味を理解するより先に、濡れそぼった肉筒へと細いものが侵入してくる。入口の近くをくるりと撫でられ、それが指なのだとようやく気が付いた。

「あっ、なっ、んで……っ？」

「これはね、小乃実が俺を受け入れるために必要な準備をしているんだよ」

言っている意味がよくわからない。だけど腕に力が入らず、思うような動きができないせいで拒むのは難しかった。抵抗しないのを肯定と取ったのか、千彰の指が徐々に奥へと進んでくる。

最初は異物感が拭えなかったというのに、ゆるゆると出し入れを繰り返されるうちに気にならなくなってきた。いや——むしろもっと触ってほしいとまで思えてくる。

無意識のうちに引き留めようとしたらしい。入口へ戻りかけた指をきゅっと締め付けると、千彰が艶やかに微笑んだ。

「もっと欲しくなってきた？」

「……は、ぃ」

「それじゃあ、指を増やしてあげる」

「んっ……あ、あ…………っ！」

押し拓かれる感覚が強くなり、小乃実は思わず大きな声を上げる。慌てて両手で口を押さえると、手の甲に千彰の唇が押し当てられた。

「我慢しないで、小乃実の声をたくさん聞かせて」

鼻にかかったような甲高いそれはとても自分のものとは思えない。だけど千彰の望みであれば従うべきだ。そろそろと手を外すと端整な顔に満足げな表情が浮かぶ。

千彰の指が動くたびに粘度のある水音が立つ。淫靡《いんび》な調べが薄暗い寝室を満たし、小乃実は徐々に追い詰められていくような感覚へと陥ってきた。

「や、あ……っ、も…………無理、で……すっ……」

「小乃実、こっちを向いて。……あぁ、目は閉じないで」

静かで優しい口調だというのにどうしても千彰の命令には逆らえない。徐々に激しさを増していく指先が奥にある場所を引っ掻《か》いた瞬間――全身の皮膚《あわだ》が粟立った。

「きゃっ…………ああああ――ッッ!!」

頭の中でなにかがぱちんと弾け、浮き上がるような感覚に包まれる。それからすぐにぐったりとベッドに沈み込んだ。浮遊感と倦怠感《けんたいかん》に支配された身体を持て余し、小乃実は四肢を投げ出したまま、ぽろぽろと涙を零した。

「んっ……」

指が抜かれる感覚に思わず声が漏れた。千彰は蜜を纏い、てらてらと光る指をじっくり眺めてから笑みの形を取った唇へと近付ける。伸ばされた舌先が指の付け根から舐め上げていった。

手を摑んでやめさせたいのに、絶頂の余韻から抜け出せていない小乃実はただ眺めることしかできない。恥ずかしさでいっぱいになり、新しい涙が湧き上がってきた。

「うっ……ふ、ぅ……っ」

「小乃実は気持ちよすぎると泣いてしまうのかな」

やはり涙腺はどんなに頑張ってもコントロールできない。小さな嗚咽を漏らす唇にちゅっと軽いキスが降ってきた。だが、小乃実の涙はこの程度で止まるはずもなく、目尻からは絶えず透明な雫が流れ落ちていく。

「笑顔も可愛いけど、やっぱりこの顔は格別だな」

「なにを、言って……」

「あぁ……本当に、堪らない」

満面の笑みを浮かべた千彰が流れ落ちたものを指先で掬い取った。その指先を口に含んだままこちらを見下ろしている。細められた瞳には小乃実の知らない気配が浮かんでいた。

「こんなにも俺が欲しがっているのに、合コンに行くなんて……いけない子だ」

両方の膝裏を持ち上げられ、大きく左右に開かれる。ぐっしょりと濡れそぼった秘部を千彰の眼前に晒す形になり、小乃実は必死で手を伸ばそうとする。

「み、見ないで……くだ、さいっ」

「ダメだよ。これはお仕置きなんだから」

隠そうとした手が捕らわれ、指先を噛まれた。びりっとした痛みが走りまたもやシーツへと力なく落下する。この恥ずかしい体勢から逃れようとしたものの、両脇から腰を掴む手によって身動きできなくさせられた。

脚の間に陣取っていた千彰が小さなビニールパッケージを手にしているのを見つけ、咄嗟に顔を横に向けた。使った経験はないけれど、あれがなにかはちゃんと知っている。高校生の時、派手な女の子達が持ち歩いていると自慢していたのを不意に思い出した。

「小乃実」

頤にかかった指で顔を正面に戻される。千彰はまだ涙の気配を残す瞼にキスしてから身を起こした。

「俺がいいと言うまで深呼吸を続けて…………返事は？」

「は、い……」

いい子だ、という囁きと共にしとどに濡れた場所へ硬いものが押し付けられる。入口をくるりと一周してから先端を含まされた。くぷりと音を立てて呑み込んだものは指とは比べものにならないほど大きくて硬い。

浅い場所でゆっくり馴染ませてから更に奥へと進んでいく。めいっぱい拡げられたはずなのに、これでもまだ足りないらしい。腰を進めた千彰の眉間に深い皺が寄った。

「小乃実、大きく息を吸って……そう、吐く時に身体の力を抜いてごらん」

言われた通りにすると千彰も一緒にほうっと大きな息を吐く。そして困ったように笑うと頭を優しく撫でられた。

「締め付けがすごいな……あぁ、深呼吸は続けるんだよ」

これ以上は無理。拡げられたら裂けてしまう。言いたいことはたくさんあるけれど、今は言いつけを守らなくては。唇を薄く開き、深呼吸を繰り返していたが、ぐっと押し込まれた衝撃で息を止めてしまった。

「いた……いっ、も……無理でっ…………や、だぁっ！」

まるで身体を真二つにされるような痛みが走る。咄嗟に千彰の腹を押し戻そうとした手は捕まり、ひとまとめにして頭上で磔《はりつけ》にされた。

「小乃実、もう少しだけ頑張って」

「お願いですから、許して……っ、くださ、いっ」

痛い、怖い、早く抜いて……！

必死の思いで懇願しても腰が引かれる気配はなく、むしろ更に奥へと進んできた。

いやいやと頭を左右に振ると目元から幾筋も涙が流れていく。我儘を言う子供のように泣きじゃくる姿を千彰が食い入るように見つめている。繋がっている場所をひと撫でした指がぷくりと膨れた秘豆を押しつぶした。

「や、あっ！」

「あぁ、また締まったね」

痛みと快楽がごちゃ混ぜになり、どうしたらいいのかわからない。激しく身悶えているうちに千彰にきつく抱きしめられた。突然の事態に驚きながらも涙を流し続ける小乃実と額を合わせ、蕩けそうな笑顔を浮かべる。

「小乃実、結婚しよう」

「けっ……こ、ん？」

「そう。恋人から始めようと思ったけど、とても我慢できそうにない。今すぐ結婚して、小乃実を独占したくて堪らないんだ」

「む、無理、ですっ……！」

今はなにも考えられないし、それよりもこの痛みから解放してほしい。小乃実が頑なに拒否を続けると、ややピントが甘い視界で端整な顔が悲しげに歪《ゆが》んだ。

「お願い、小乃実……」

「でき、ません」

「最初は『お試し』でいいから、ね？」

なにを試すのかよくわからない。けれど憧れの人にここまで乞われているのに無下にし続けるのは大いに気が引けた。だけど、どう考えても受け入れられないという結論に至る。

とん、と身体の奥を突かれ、形が出来はじめていた答えが一瞬にして崩れ去った。

「んっ……ぁ、はっ……んんっ」

秘豆を指で何度も弾かれ、目の前で小さな閃光《せんこう》が走る。唇に吐息がかかるほどの距離で「お願い」と甘く囁かれ、遂に小乃実は陥落した。

「わか、り……ま、した」

「ありがとう。嬉しい……」

言葉通りの喜びが滲んだ声にこれでよかったんだと安堵した――のも束の間、同時にいくつもの刺激が小乃実の身体へと注ぎ込まれた。

「千彰、さん……もう、無理っ……です」

「いいよ。このまま……イッてみせて」

最奥を小刻みに突かれると同時に敏感な粒をリズミカルに弾かれる。時折爪でカリっと引っ掻かれ、そのたびに咥えたものをきつく締め付けた。

「やっ……あ、ああああ――――ッッ!!」

悲鳴にも似た声を上げながら再び高みへと押し上げられる。

お腹の奥で熱が蠢くのを遠くに感じながら、小乃実の意識は深い闇へと沈んでいった。

◇◆◇

——頭が、痛い。

瞼を開くより先に感じたものは、小乃実にとって実に慣れた感覚だった。

目の周りが熱を持っているから、きっといつものように腫れているのだろう。まずはこれを落ち着かせて、それから買い物に行って……。頭の中でこれからの行動を組み立てながらようやく目を開けた。

「…………ん？」

起きる時に右に寝返りを打つのは、反対側に壁があるから。こうするとベッドの端に移動するのでそのまま起き上がれるはずが、なぜかぽすんと柔らかなものにぶつかった。

「おはよう」

「おはよう、ございます……」

反射的に返事をしたものの、寝起きの上に頭痛がしているので状況をまったく理解できていない。いつもより重い瞼で何度も瞬きを繰り返していると、小乃実の憧れの人がふっと微笑んだ。

「身体は辛くない？」

「はい、大丈夫で……あっ」

千彰が手を伸ばし、指先で腫れているであろう瞼をするりと撫でた。腕が持ち上がった拍子に掛布団が捲《めく》れて裸の胸元が覗く。そこでようやく小乃実は昨晩に起こった衝撃的な出来事の数々を思い出した。

合コンからこっそり離脱したはずが、強引に迫られているところを千彰に助けられた。その後、嘘をついたのがうっかり露呈してしまい、洗いざらい事情を打ち明けたらこの部屋に運ばれて……。

「小乃実、どうしたの？」

「あ、あのっ……え、っと……」

寝起きの気怠さを纏った彼はオフィスで見るより何倍も色っぽい。乱れた前髪をかき上げながら千彰が顔を覗き込んできた。

思わず後ろへ仰け反って距離を取る。だが、腰に回された腕によって元の位置まで戻された。

「照れているのかな？　でも、夫婦なんだから慣れてくれないと」

「ふ、夫婦、ですかっ⁉」

「憶えていない？　でも昨日、ちゃんと約束したから無効にはできないよ」

この部屋に入ってからの出来事は断片的にしか憶えていない。だが、たしかに千彰が言った通り、なにか重要な約束をした気がする。まさかそれが、千彰と夫婦になることだったなんて。

「あの……それって婚姻届とか…………」

署名した記憶はない。だけど憶えていないだけだという可能性もある。恐る恐る尋ねると千彰が口端をきゅっと吊《つ》り上げた。

「それは、早く出したいという意味かな？」

「いえっ！　その、あまりにも急な話なので、理解が追いついていなくて……」

「うん。だからまずは『お試し』にしようって決めたけど、それも憶えていないかな？」

「……すみません」

理解が追いついていないのはその話だけではない。だが、それを口にするのはさすがに躊《ため》躇《ら》われた。

ただ、いくら「お試し」とはいえ千彰と夫婦になるなんて、どう考えても不釣り合いだろう。

一般家庭で生まれ育ち、ごくごく平凡な容姿で特に秀でている能力もない人間が、世界中に二十を超える支社を持つグローバル企業の次期社長の伴侶になるなんてありえない。

それに小乃実には――大きな「欠陥」があるのだ。

「あ、あの……本当に、申し訳ありません。やっぱり、でき、ません」

一度は了承した約束を反故《ほご》にするのはとても失礼なのはわかっている。だけどここでやめておかなければ千彰の貴重な時間を無駄にしてしまうだろう。

ここで千彰の気分を害したら、アトラウアにいられなくなるかもしれない。それでも、後になって「こんな面倒な子だとは思わなかった」と言われるよりはましだ。

「理由を教えてほしいな」

「私自身の、問題なので……」

「その問題は、俺が解決できるものかもしれないよ」

失礼なことを言っているのに千彰は怒りもせず、小乃実を助けようとしてくれている。どうしてこの人はこんなに優しいのだろう。なおのことこんな欠陥品ではなく、美人で優しくて、欠陥のない女性と共に生きてほしい。

この問題は誰にも解決できないとわかっている。小乃実は身を起こし、掛布団を胸元で握りしめたまま俯いた。

「室長は、仕事をしている時の私を見て、どう思われますか……?」

突然の質問にしばし沈黙が流れる。視界の端で千彰が身を起こすのが見えた。

「いつも明るくて元気で、頼んだ仕事は責任をもって終わらせてくれる。周囲にも気を配って困っている人を手助けするいい子だよ」

「ありがとうございます。そう見えているのであれば……よかったです」

ぎこちなく笑う頬をぽろりと透明な雫が滑っていく。昨晩、こんなに瞼が腫れるまで泣いたのにまだ足りないらしい。このままでは高そうな寝具を濡らしてしまう。小乃実が涙を拭おうとするより先に伸ばされた指によって掬い上げられた。

「つまり、本当は違うということかな？」

「…………はい」

本当の小乃実を知ったら、きっと幻滅するだろう。だけど誤解されるような振る舞いをしたのだからちゃんと説明する義務がある。

一度きゅっと唇を引き結んでから、「欠陥」について語りはじめた。

――幼い頃から泣き虫だった。

三つ年上の兄は少しちょっかいをかけるだけで妹が大泣きするのでよく叱られていた。それに嫌気がさしたのか、小学生になった頃からまったく遊んでくれなくなった。

あまりにも些細《ささい》なことで泣いてばかりいるので、母親に連れられてカウンセリングを受けたこともある。色々な検査を受けたが異常は見られず、「感受性が豊かなだけ」と結論付けられたと聞いていた。

それでも、クラスの友達とは小乃実なりにうまくやっていたと思っていたのだが、偶然耳にした立ち話によってそれが大きな誤解だと判明する。

『小乃実ちゃんてさ、すぐに泣くのズルイよね』

『ほんとほんと。泣けば許してもらえると思ってるのがムカつくー』

そんなんじゃない！　と叫びたかった。

だけど、傍からはそう見えてしまうのだから誤解されるのも仕方がないのだろう。

本当は兄にも「やめて！」と言いたかった。悪いことをした時には「ごめんなさい」と伝えたいのに、どうしても小乃実にはそれができない。

喜怒哀楽に関係なく、感情が昂《たかぶ》ると同時に涙が出てきてしまい、言葉が溶かされてしまうのだ。

仲良しだと思っていた友達からそんなふうに思われていたなんて。小乃実は帰宅するなり布団に飛び込み、一晩中泣き続けた。

「それは、辛かったね」

穏やかな、そして労わりに満ちた声にまた涙が零れてくる。ひくりと喉を鳴らす小乃実の肩に手がかかり、優しく引き寄せられた。

「……次の日は頭痛がひどくて学校を休みました」

本音ではもう二度と学校に行きたくなかった。だけど当然ながらそうもいかず、翌日になると母親に促されて恐る恐る登校すると、クラスメイト達は口々に「小乃実ちゃん、もう大丈夫なの？」と心配の声を掛けてくるではないか。

変わり身の早さにぞっとした反面、心配してくれるのはやっぱり嬉しかった。

「だから私は、みんなに嫌われないようにするにはどうしたらいいか、必死で考えました。それで……」

「明るく無邪気なキャラクターを演じることにしたの？」

「はい。ああしている間は不思議と涙が出てこないんです。ですが、反動も大きくて……」

小乃実の作戦は一見すると成功したかに思えた。

だが家に一歩入った途端、ちょっとしたことで涙が止まらなくなるという副作用が出るようになったのだ。

だけどみんな、元気いっぱいの小乃実を好意的に受け止めてくれる。泣き虫なせいで陰口を叩かれるのは絶対に嫌。

だから、この奇妙な二重生活を続けるしか方法は残されていなかった。

「なるほど。だから泊まりの旅行にはほとんど行かなかったんだね」

「……そうです。あ、今は泣くのは、週末にまとめられるくらいにはなったのですが」

どうして小乃実が修学旅行以来、泊まりで出かけていないと知っているのだろう。不思議に思いつつも今は訊ねられる雰囲気ではなかった。

「話しにくいことを打ち明けてくれてありがとう」

「いえ……」

これで千彰もわかったはずだ。小乃実は元気いっぱいのキャラを演じているだけで、家に帰れば一人でしくしくと泣いているのだ。そんな陰気な人間と仲良くなりたがる人はまずいない。

本当の自分をさらけ出すのが怖い。でも、さらけ出して嫌われるのはもっと耐えられない。だからこれまでずっと、特定の誰かと深い関係になるのを徹底的に避けてきた。

肩に預けていた頭をそっと持ち上げる。背に回された腕が離れたらすぐにベッドから下りなければ。小乃実が密かに身構えていたのに、なぜか更に密着させられた。

「あの、しつ、ちょ……」

「昨日の約束を忘れてしまった？」

目尻に唇を押し当てながら千彰が囁く。残った涙をちゅうっと吸い取ってから両手で頬を包み込んだ。

「二人の時はなんて呼ぶって決めたんだっけ？」

「え、っと……」

幸か不幸か、その時の会話はちゃんと憶えている。でも、小乃実の「欠陥」を打ち明けたというのに、口にしていいのだろうか。

躊躇っているうちに耳が熱い吐息に炙《あぶ》られた。耳殻を柔く食んだまま千彰が囁いてくる。

「小乃実、呼んで」

「…………千彰、さん」

名前を口にした途端、ぼろんと大きな雫が零れ落ちた。声を殺して泣く小乃実を千彰はなぜかきつく抱きしめてくる。

「俺の名前を呼んだだけで泣いちゃうのか。あぁ……本当に可愛い」

「……ふぇ？」

慰めてくれているのかと思いきや、降ってきた言葉に耳を疑った。額を押し当てられた裸の胸から激しい鼓動が聞こえるのは絶対に気のせいではない。昨晩と負けず劣らず混乱している小乃実は、なぜか再びベッドへと逆戻りさせられた。

「笑顔の小乃実のことはずっと可愛いなって思っていたよ。でも俺はね、泣いている顔も堪らなく好きなんだ。だから、泣き虫を理由に断ろうとしても無駄だよ」

覆い被さってきた千彰は、その言葉を証明するかのように両方の瞼に軽やかな口付けを落とした。

「まずはさ、『お試し』で週末はここに住んでみてほしいな」

「でも、私……泣いてばかりいるんですよ？」

小乃実は週末のほとんどを自宅アパートで過ごす。土曜日の朝にスーパーで一週間分の食材をまとめ買いして、その後はひたすら部屋に籠もって家事をしながらしくしくと泣いて過ごすのがルーチン化している。

ごくたまに同僚や学生時代の友人と食事に行ったりもするけれど、基本的に半日だけと決めている。それ以上の時間を費やすと翌週に影響が出てしまうのを経験として学んでいた。

つまり小乃実と付き合ったところで、週末のお出掛けは不可能なのだ。それを受け入れてくれる相手なんか絶対に現れない。

ずっと——そう思っていたのに。

「問題ないって言ったよね。小乃実はなにも気にせず、思う存分泣いてくれていいから」

千彰はそれが実に些細な、まるで取るに足らないことのように語る。これまでの話を本当に理解しているのか疑いたくなるが、彼に限ってそれはありえない。

その言葉を信じていいのだろうか。小乃実の葛藤を見透かしたかのように、額へと優しいキスが降ってきた。

「試してみて、もし無理だと思ったらやめてくれても構わない」

「いいん……ですか?」

「もちろん。そのための『お試し』だからね」

どうしてそこまで譲歩してくれるのか、やっぱり理解ができない。千彰であれば、平凡な容姿で、しかも厄介な癖のある小乃実をわざわざ選ぶ必要がないのに、どうしてここまで食い下がってくるのだろう。

断固として断るつもりでいたのに。素肌を隙間なく密着させるような抱擁に決意が揺らぎはじめてしまった。

「小乃実、お願い。俺にチャンスをちょうだい」

切なげな声で懇願され、遂に小乃実は小さく頷いた。

「……わかりました。でも、邪魔だと思ったら、遠慮なく言ってください」

「ありがとう。安心して、絶対に邪魔だなんて思わないから」

ぱっと破顔した千彰は仕事をしている時よりも幼い印象を受ける。会社では決して見ることのできない一面を前にして、小乃実の胸にじわりと歓喜が湧き起こった。

きっとすぐに終わってしまうだろうけど、この顔を独り占めできただけで満足だ。

一夜を共にしただけの千彰は、延々と涙を流す人間が傍にいるのがどれだけ煩《わずら》わしいかを知らない。

実家では母親にすら呆れられるため、涙が出てきたらすぐ部屋に閉じ籠もっていたのだ。きっとすぐうんざりするだろう。

「絶対」なんて断言してくれたのは嬉しいが、今の時点では素直に受け入れられない。返す言葉を見つけられないでいた唇に優しい口付けが与えられた。

「その代わり、俺以外には絶対に泣き顔を見せないって……約束して」

「…………え？」

思いもよらない命令を下した千彰が艶やかに微笑んだ。

第二章　週末だけの夫婦

今日は金曜日。

月末は取引先からの問い合わせに加え、営業から納品日変更の依頼が殺到する。小乃実は瀬里と手分けをして必死で仕事をこなしていたが、ふと気が付くとすっかり日が暮れていた。

瀬里はこれから飲み会だと大急ぎで出ていった。一方の小乃実は周囲の様子を窺《うかが》いながら帰り支度を進める。そして人の出入りが少なくなったタイミングで抜け出そうとしたが、運悪く外回りから帰ってきた営業と廊下で鉢合わせてしまった。

「お疲れー。あれっ、旅行にでも行くの？」

まずい！　と内心では焦ったものの、表面では明るい笑顔を浮かべる。

「お疲れ様です！　いえいえ、これは友達に渡すものが入っているだけですよ」

「なーんだ。お土産を期待したんだけどな」

「あははっ、すみません。それじゃあ、お先に失礼しまーす」

ショルダーバッグとは別にナイロン製の大きなバッグを提げているのだからそう思われて

も仕方がない。小乃実はいつものように元気な挨拶と共にオフィスを後にした。

いくら本当のことが言えないとはいえ、やっぱり嘘をつくと無駄にエネルギーを消費する気がする。ふぅ、と小さく息を吐いてから駅までの道を黙々と歩いた。

オフィスから駅の入口までは十分ほどかかる。大勢の人が吸い込まれていく改札を横目に構内を突っ切り、反対側の出口へと向かった。

ここから更に十分ほど歩くのは、月末近くの疲れが溜まった金曜日にはなかなかハードな距離である。とはいえ、迎えを断ったのは他ならぬ小乃実なので自業自得ともいえた。

先週の金曜日に連れていかれたのは、千彰が個人で所有するマンションだった。合コン会場はこの駅から二駅離れた場所だったので、車ですぐに着いたのも頷ける。いつも帰り道に駅越しにちらりと見ていたお洒落なビルに、まさか憧れの人が住んでいただなんて。

そういえばあの時、千彰はどうして小乃実の居場所がわかったのだろう。偶然にしては出来すぎている気がする。

タイミングを見計らって訊ねてみようと思いつつ角を曲がると、気が付けば目的地はすぐそこまで迫っていた。

マンションに近付くにつれて緊張が高まり、今にも涙が出てきそうになる。スタイリッシュなエントランスを前にして小乃実は立ち止まった。深呼吸をして気分を落ち着かせてから自動ドアをくぐり抜けた。

「お帰りなさいませ、小乃実様」

「こ、こんばんは……」

小乃実より少し年上と思しき女性がカウンターの向こう側から優雅な所作で一礼する。つられるようにぺこりとお辞儀をすると少し驚いた顔をされてしまった。

「お試し婚」の提案を受け入れてからというもの、千彰の行動は素早かった。

このマンションには物理的な鍵が存在しない。掌の画像を登録し、それを鍵代わりにする掌紋認証《しょうもんにんしょう》が採用されているのだが、千彰は土曜日のうちに小乃実の手続きを終わらせてしまった。

登録する時には掌だけでなく、顔の画像データも必要になる。だから初対面のコンシェルジュが小乃実の顔を知っていても不思議ではない。だけど、苗字ではなく名前で呼び掛けられたのがなんだか気恥ずかしかった。

宇宙船っぽいエレベーターに乗り込んで右手をパネルにかざすと、小乃実は最上階に運ばれていく。到着して玄関扉のロックを解除すると、部屋着姿の千彰が待ち構えていた。

「おかえり、小乃実」

「あ、あの……お邪魔、します………」

先週は日曜日の朝までこの部屋で一緒にいたし、毎日欠かさずメッセージのやり取りもした。それでもやっぱり本人を目の前にすると緊張してしまう。

ちゃんとお辞儀をして礼儀正しく挨拶をしたというのに、千彰はその場を動こうとしない。今日は外出先から直帰して家で仕事をしているとメッセージが来ていた。仕事は終わったのか訊ねようとする前に頤に指がかかる。軽く持ち上げられ、伏せていた視線をしっかりと合わせられてしまった。

「俺は『おかえり』と言ったんだよ。それにはなんて返すべきかな？」

仕事中の千彰は「私」と自称している。だがプライベートでは「俺」と言うのだと遅ればせながら気付き、ただそれだけでドキドキしてしまう。

とはいえ、今はときめいている場合ではない。柔らかな声色で問われたものの答えは知っている。だけどそれを言うのはなかなか至難の業だった。

「ですが、あの……」

「俺達は夫婦なんだよ。だからここは小乃実の家でもある。その場合は？」

優しく諭すような口調なのに、どうして追い詰められているような気持ちになるのだろう。返事を催促するように親指で下唇を撫でられ、腰のあたりにぞくりとしたものが湧き上がった。

「ただいま、帰り……ました」

「うん。今日もお疲れ様」

顎から離れた手がナイロンバッグを取り上げ、代わりにもう一方の手が繋がれる。実にさりげなくて紳士的な振る舞いにじわりと頬が熱くなった。

「随分と重いね。なにが入っているの？」

「着替えや洗面道具です。その、念のためにと思いまして」

千彰からは手ぶらで来て構わないと言われていたが、それに甘えるほど図太い神経をしていない。できるだけ迷惑をかけないようにという考えのもと、泊まりに必要なものを詰め込んできた。

とはいえ、小乃実はトラベルセットの類を持っていない。新しく買おうかとも思ったのだが、すぐにお試し婚が終了する可能性もある。だから普段から使っているスキンケアセットをそのまま詰めてきたので、なかなかの重量になってしまった。

「次回から持ってこなくていいよ」

「えっ、ですが……」

「ここは俺達の家なんだ。小乃実が暮らすのに必要なものはすべて揃っているって、もう知っているはずだよ？」

ずばりと指摘され、小乃実は言葉を詰まらせる。

先週は突然のお泊まりイベントが発生したが、当然ながらなんの用意もしていなかった。

それは千彰も同じだったはずなのに、なぜか小乃実のサイズにぴったりの下着やルームウエア、そして外出用の服までひと通り用意されていたのには心底驚いた。いつの間に揃えたのかと訊ねると、車に乗っていた時にかけていた電話でコンシェルジュに手配させたと言われ、再び驚いたものだ。

着るものの問題はクリアしたが、問題は化粧品である。いつも持ち歩いているショルダーバッグには、化粧直しに使うパウダーと口紅くらいしか入っていない。それで誤魔化せるだろうかと悩んでいると、千彰からライムグリーンのバニティボックスをプレゼントと称して差し出された。

中には基本的なスキンケアとメイク道具一式が詰め込まれているではないか。そのどれもがこの分野には疎い小乃実でも知っている高級ブランドのもので、封を開けるのにとても勇気が要った。

「まぁ、小乃実のそういう律儀な性格は嫌いじゃないよ」

「……すみません」

「でも、次に来る時にも持ってきたら、平日もここに帰ってきてもらうようにしようかな」

ごく軽い口調で言われたが、細められた瞳が冗談ではないと語っている。

もし、そんなことになったら――。

想像するだけで顔が火照り、胸がどきどきしてきた。ずっとこんな状態が続くなんてとても身が持ちそうにない。

「夕食はまだだよね？」

「小乃実が好きそうなものを頼んでおいたけど、他に食べたいものがあったら遠慮なく言って」

「は、い……」

「いえっ！　その、用意していただいただけで十分です」

千彰の住んでいるマンションには独自のオーダー用システムがある。専用のタブレットで買い物やクリーニングの手配、そしてデリバリーも頼めると聞き、うっかりカラオケボックスみたいだなと思ったのは内緒だ。

カウンターキッチンのすぐ横にあるダイニングテーブルには、洋風のお惣菜《そうざい》がずらりと並んでいる。デリバリーなのにちゃんと陶器のお皿に盛り付けられていることに驚いていると、千彰がくすっと小さく笑った。

「すみません、変なことに驚いてばかりで……」

「気にしなくていいよ。可愛いなって思っただけだから」

エスコートされて椅子に座ると、向かいに千彰が腰を下ろした。フルートグラスに金色の液体が注がれるのを眺めていても小乃実はそわそわと落ち着かない。

「遠慮せずに食べていいからね」

「はい、いただきます」

乾杯をしてからシャンパンに申し訳程度に口をつけ、目の前に並んだ色とりどりの料理を眺めた。どれもこれも盛り付けがお洒落で、とてもいい匂いがしている。

　こういう料理にも食べる順番があるのだろうか。もしそれを間違ったら、千彰にこんなマナーも知らないのかと呆れられるかもしれない。そんな考えが浮かんだ途端、固まってしまった。

「小乃実、お皿を貸してごらん」

「あっ……は、はい」

　目の前にある空の取り皿を差し出すと、千彰が手際よく料理を盛り付けてくれる。食材のバランスや彩りがしっかり考えられた一皿は完璧としかいいようがない。

　盛り付けを崩さないように、慎重に慎重を重ねて口に運ぶ。きっととても美味しいのだろうが正直味がわからない。機械的に咀嚼《そしゃく》するだけで、なかなかのせたものが減らないお皿を千彰がじっと見つめていた。

「もしかして、緊張してる？」

　結局、最後まで自分からはどうしても手を伸ばす勇気が出なくて、千彰が全部取り分けてくれた。

　それでもなんとか夕食を終え、リビングのソファーに移動してきた。千彰は両手に持っていた二つのマグカップをテーブルに置き、隣に座るなり顔を覗き込んでくる。

　ただ食事をするだけでも面倒をかけてしまった。ぽろりと涙が零れ出てくる。

「すみま、せ……」

「謝らなくていいよ。俺が食べさせてあげればよかったね」

「そんなっ……私がただ、至らないだけで……」

千彰と週末を二人きりで過ごすなんて、やっぱり小乃実にはハードルが高すぎた。

「ほんとに、すみま……ひゃっ！」

不意に抱き上げられ、千彰の太腿の上に座らされた。急に近くなった端整な顔を見上げているとふっと甘い笑みを向けられる。

「ゆっくり慣れてくれればいいから……ね？」

「で、ですがっ」

千彰だって仕事で疲れているはずなのに、他人の世話ばかりしていたら休めないだろう。今日は泊まらない方がいいかもしれない、という考えがちらりと頭をよぎった。今日は誠心誠意謝って帰らせてもらおう。

そして「お試し婚」の話は取りやめに――。

だが、軽くこめかみに押し当てられた唇によってそのアイデアが粉砕される。腰に回されていた腕に力が籠もり、千彰の胸へ寄りかかる体勢にされた。

「はぁ……やっと小乃実に会えた」

まるで長い間離れ離れになっていたかのような口ぶりだが、予定外の訪問からたったの一週間しか経っていない。もしかして千彰はそれほどまで楽しみにしてくれていたのだろうか。

じわりと頬が熱くなったのを感じながら慌てて口を開いた。

「き、昨日はカフェテリアでお話ししたじゃないですか」

「たしかに会ったけど、すぐにいなくなったのは誰だっけ？」

「すみません……その、急なことで驚いてしまって」

千彰と小乃実の関係は誰にも言っていない。まだ「お試し」の段階だからというのが名目ではあるが、本当の意図はまったく別のものだった。

千彰の結婚はアトラウア社内だけでなく、業界全体に激震を走らせるだろう。美しき御曹司が手を取ったのはどんな女性だろうと期待されるに違いない。お相手がしがない営業アシスタントだと知られたら、がっかりされるのは目に見えていた。

最初から不相応だとわかっている。だから小乃実はなにを言われても甘んじて受け止めるしかない。だが、こんなどこにでもいそうな娘を伴侶に選ぶなんて、次期社長は人を見る目がないと思われるのだけは避けたかった。

まだ「お試し」なのだから社内ではこれまで通りに振る舞いましょう、という提案に千彰は不満そうだった。だが、小乃実が涙ながらにお願いした結果、渋々ながら了承してくれたのだ。

『たしかに……しばらくは秘密の関係を楽しむのも悪くないね』

そんなことを言っていた千彰だが、今週は取締役会が開かれていたこともあり、ずっとオフィスにいたらしい。廊下やエントランスで見かけるたびに動揺してしまい、平静を装うのにとても苦労した。

それなのに昨日の夕方、仕事にラストスパートをかけるべくコーヒーを買いにいった先で、雅志を連れた千彰と鉢合わせてしまったのだ。

これまで一度もカフェテリアでは見かけたことがなかったのに、どういう風の吹き回しだろう。「喬橋さん、お疲れ様」と声を掛けられたものの、挨拶もそこそこに逃げ帰ってしまった。

「あの後、雅志から小乃実をいじめたんじゃないかって疑われてしまったよ」

「本当にすみませんっ。次からは、ちゃんとします」

秘密にしてほしいと頼んだのは小乃実なのに、不自然な態度を取っていたら元も子もない。

反省しきりで身を縮こまらせていると更にぎゅっと抱き込まれた。

「また避けられたら……うっかり『小乃実』って呼んでしまうかもしれないな」

「うっ……気をつけます！」

「そう？　俺は構わないけどね」

やんわりとした脅迫にふるふると首を振ると、千彰は「残念」と囁きながら微笑んだ。

「さて、先週の続きを観ようか」

横抱きにしていた小乃実をモニターと向かい合わせになるよう移動させ、千彰がリモコンを手に取る。動画配信サービスを起動すると、履歴から目的のドラマシリーズを選択した。

「あの、お仕事は大丈夫ですか？」

「もう終わったよ。だから二話くらい観て、それからお風呂に入ろうか」

「はい……」

どうせただ観ながら泣いているだけなので放置してくれて構わない。だが、先週も千彰はどうやって過ごしているかを知りたいからと付き合ってくれた。

小乃実は「泣き貯め」する時、映画やドラマなどを観ることが多い。ジャンルは問わずただ感情が揺さぶられるきっかけを作ってくれるだけで十分。だから恋愛ものでもサスペンスでも、なんならホラーでも構わないのだ。

休日はほぼ流しっぱなしにしているから、これまで相当な数の映画やドラマを観ている。そのお陰で職場での話題にも不自由しないので一石二鳥ともいえた。

今はアメリカの警察を舞台にしたドラマシリーズを追いかけている。シーズン八まであり、今はシーズン三に入ったばかり。一話完結型なので冗長な部分がなく、様々な人間模様や思惑が渦巻いているのが気に入っている。

「はい、ここに置いておくよ」

「ありがとうございます」

小乃実の手の届く場所にコーヒーの入ったマグカップと薄手のタオルが並べられる。テレビの前に陣取る時、この二つは欠かせないと言ったのを千彰はしっかり憶えていてくれた。嬉しさと気恥ずかしさで早くも涙が滲んでくる。

早速タオルを手に取ると目の下に軽く押し当てた。涙が出てきた時、瞼を閉じてその上から拭くとメイクが落ちるだけでなくより腫れがひどくなってしまう。だから流れてきたものを吸い取るのが最もダメージが少ないと経験として知っていた。

小乃実の準備が整ったのを見計らい、再生ボタンが押される。リモコンを置いた手が腰に回り、千彰に後ろからしっかり抱きかかえられた。

最初は背中から伝わってくる熱や適度な弾力に慣れず、なかなかドラマに集中できなかった。だけど今は、後ろからしっかり守られているような感覚が心地いいと思えるようになっていた。

今回の話は事故で娘を亡くした父親が仕掛けた復讐《ふくしゅう》劇を軸としている。説得を試みる刑事達と復讐に燃える父親との緊迫したやり取りから、やりきれぬ怒りと悲しみが痛いほど伝わってきた。

「……ぅ、ふっ…………う、ぅぅぅ……」

小乃実は声を殺しながら滂沱《ぼうだ》の涙を流す。

その姿を頭上から食い入るように眺める眼差しがあることなど知るよしもなかった。

◇◆◇

「小乃実、こっちにおいで」

千彰と「お試し婚」を始めてからそろそろ一ヶ月が経とうとしている。ブランチの片付けを終わらせた小乃実は、エプロンを外してからリビングへと向かった。

いつも食後に飲むコーヒーは淹《い》れている真っ最中。だから催促ではないだろう。ソファーに座った千彰へと少し緊張しながら近付いていった。

隣に座るのは躊躇われたので、ソファーの傍らに立つ。千彰は頬を強張らせている小乃実を見上げながら組んでいた脚を解いた。差し伸べられた両手が脇の下へと滑り込み、そのまま持ち上げられる。浮き上がった小乃実は太腿を跨《また》ぎ、向かい合わせに着地した。

「ようやく納得できるものができたんだ」

「納得できるもの、ですか？」

話が見えない小乃実の前に細長い箱が差し出された。深紅のビロードで覆われた箱はそれだけでも高そうだ。千彰の長い指が静かに蓋を開き、中身を見せてくれる。

「あの、これは……」

箱の形から予想していた通り、ピンクゴールドのネックレスが収まっていた。細長いプレートが横向きに付いており、左下に雫の形をした水色の宝石が埋め込まれている。

プレートの両端に繋がっているチェーンは、細めながら楕円《だえん》のパーツの形がはっきりとわかる作りになっている。

「気に入った？」

「とても綺麗です。でも、どうしたんですか？」

小乃実の誕生日は半年以上先だし、特に時節のイベントでもない。千彰はネックレスをケースから外すとにっこり微笑んだ。

「結婚したんだから、妻へプレゼントのひとつでも贈ろうと思ってね」

「そんな……もう十分なほどいただいていますっ」

初回の訪問で命じられた通り、二回目からはなにも用意をせずに千彰のマンションを訪れている。小乃実の身の回り品を揃えるだけでも結構な出費だったはずなので、先週からできる限りの家事を引き受けていた。

これ以上は受け取れない。慌てて固辞する小乃実の前にプレートが差し出される。宝石がついている表側をくるりと返すと、裏には筆記体で文字が刻まれていた。

「なんて書いてあるか、読める？」

小さいだけでなく、揺れているのでとても見づらい。無意識のうちに顔が近付き、遂には手に取ってしまった。

「えっと……ち……あ、き…………えっ？」

読み取るのに精一杯だったので、図らずも千彰を呼び捨てにしてしまった。刻まれた文字の意味を理解した途端、ぶわっと頬が熱くなる。

ペアリングや結婚指輪ではお互いの名前を彫ったりするようだが、その場合は名前の前に「From」と入れるはず。だけど、このプレートにはごくシンプルに「Chiaki」とだけ刻まれていた。

言葉を失った小乃実を前にして千彰が思わせぶりに微笑む。金具を外し、首の後ろに回されるとひやりとした感触が肌を滑っていった。

「あぁ、とても似合うよ。この色にして正解だった」

首元に微かな重みを感じながら小乃実はきゅっと唇を噛みしめる。長い指でプレートを揺らしながら千彰が満足げに呟いた。

鎖の形がはっきりとしたチェーンと横長のプレート。おまけに裏面には名前が彫られている。

これじゃあ、まるで……首輪みたい。

「……ありがとうございます。大事に、します」

「俺の許可なしに外してはいけないよ」

「はい、わかりました」

私は――千彰さんのモノなんだ。

所有者の名の入ったタグを首に着けられたというのに、なぜか嫌な気分はしない。むしろお守りを与えられたような気がして、胸が歓喜に震えているのを自覚する。

不意に頬を熱いものが滑り落ちていく。

すかさず千彰が唇を寄せ、透明な雫をぺろりと舐め上げていった。

◇◆◇

週末を千彰のマンションで過ごすようになってからというもの、小乃実は少し月曜日が苦手になってしまった。

いつも日曜日の夜、早い時間にアパートまで車で送ってもらう。離れていく車を見送って部屋に入ると、慣れ親しんだ場所だというのにやけによそよそしく感じてしまうのだ。

これからまた週末まで千彰に会えない。相変わらずドラマを観ながら涙を流す小乃実を「可愛い」と言って抱きしめ、甘やかしてくれる存在が傍にいないと思うだけで、また涙が出てきそうになってきた。

ずっと週末が続けば、月曜日さえ来なければ一緒にいられるのに。そう思い至ってから週明けを恨めしく思うようになっていた。

とはいえ、時間は待ってくれない。いつもより笑顔レベルは低いものの、引き続き明るい無邪気キャラをしっかり演じつつ、次々と降りかかってくる無理難題をひたすらこなしていた。

「小乃実さん、ご無沙汰しています！」

一段落し、デスクに散乱した書類をまとめ直していると不意に背後から声を掛けられた。振り返って見上げると、そこには記憶にあるよりも少し精悍《せいかん》な顔つきになった青年が佇《たたず》んでいる。

「えっ……永代《ながしろ》君？　いつ帰ってきたの⁉」

「帰国したのは昨日です」

「びっくりしたぁ……あっ、お帰りなさい！」

永代一之《かずゆき》は瀬里の同期で、技術部門に所属している。アシスタントがいない部署なので必然的に新人が雑務を担当するのだが、事務仕事が大の苦手な彼はことあるごとに小乃実へ助けを求めてきた。

そんな彼も去年、遂に念願の海外プロジェクトへ参画が決まり、今はラオスに赴任している。

「ええ……もう帰ってきたの？」

「いやいや、一時帰国だって」

経理へ書類を届けにいっていた瀬里は、久々に顔を合わせた同期に気付くなり盛大に顔をしかめた。瀬里は一之が小乃実を頼るのが面白くなかったらしい。いつも「小乃実さんの邪魔をしないでくれる？」と噛みつくのを宥《なだ》めていたっけ。一年が経ってもまったく変わらないやり取りに思わず頬を緩ませた。

「永代君はいつまで日本《こっち》にいるの？」

「政府の監査が入っているので、それが終わり次第ってとこです」

「そうなんだ。じゃあ一ヶ月くらいだね」

大規模な工事を行う場合、政府からの監査が入るのはよくあることだ。しかも確認項目が細かい上に多岐にわたる。しかも不備があった場合には改善するまで再開の許可が下りないので長期化しやすいのだ。

監査の間は工事が止まり、技術者達は暇を持て余してしまう。だから管理者クラスを残して一時帰国するのが通例となっていた。

「せっかくですし、近いうちに飲みにいきませんか？」

「うん、もちろん！」

一之の赴任期間は最短で三年だったはず。戻ればしばらくの間は帰ってこられないだろうから、この機会に日本を堪能してもらうべきだろう。小乃実が快くＯＫすると、すかさず瀬里がずいっと割り込んできた。

「ちょっと！　私も行くからね!!」

「うーん、しょうがないな。特別に宮薗さんも交ぜてあげるよ」

「特別じゃなくて当然でしょ！」

「はいはい。とりあえず日程だけでも決めようよ。明後日の水曜日はどうかな？」

二人から同時に「空いてます！」と即答され、小乃実は思わず声を立てて笑ってしまう。

せっかくなので他の人にも声を掛けようと決めてその場は解散した。

そして水曜日――業務後にお楽しみを控え、小乃実はせっせとミーティングの後片付けをしていた。

テーブルと椅子の位置を戻し、ホワイトボードを跡が残らないよう綺麗に消す。ついでにインクがなくなったペンを新しいものに交換した。

後は空になったペンを総務に届ければ完了だ。出窓に退かしておいた自分用のファイルを取りに向かった。

「お疲れ様」

背後から掛けられた声にぴくんと肩が跳ねる。振り返ると声の主が開けっ放しにしていた扉から入ってくるところだった。

「あっ……お疲れ様ですっ！」

「今、少しいいかな？」

経営企画室の責任者である伊庭野千彰は今日も端整な顔に穏やかな笑みを浮かべている。反射的に「はいっ！」と元気に答えると素早く扉が閉じられた。

──と同時にカチリとロックの音が響く。

「あ、の………？」

千彰が窓際へと一直線に近付いてくる。そこで固まっている小乃実をひょいと持ち上げ、出窓のカウンター部分へと座らせた。太腿を挟むように両手を置かれて動きを封じられる。そのまま身を屈めた彼の顔が、吐息が感じられるほど迫ってきた。

「たしか今日は、食事にいくと言っていたね」

声はいつものように柔らかで耳に心地いい。だが、小乃実を見下ろしている眼差しは鋭さを帯びている。

知らず知らずのうちに機嫌を損ねるような振る舞いをしてしまっただろうか。これまで見たことのない千彰の様子に背中を冷たいものが駆け抜けた。

「そう、です……」

結局、それぞれ声を掛けたところ、総勢十二人という大人数になってしまった。その件も含めて千彰には報せてあったのに、どうしてわざわざ確認するのだろう。意図がわからないまま素直に答えると、千彰が耳元へと唇を寄せた。

「終わったら寄り道をしないで、まっすぐ帰るんだよ」

「はい……」

「家に着いたら必ず電話すること。いいね？」

「わかり、ました」

どうやら千彰は、合コンの一件を気にしているらしい。だが、今回のメンバーは全員アトラウアの社員なのだからそんな心配は無用だ。小乃実は素直に頷いたというのになぜか解放される気配はなかった。

「んっ……」

耳朶《じだ》を柔く食まれ、思わず小さな声を漏らす。慌てて唇を引き結んだものの、今度はねっとりと舌を這わされ、思わず傍にあったスーツの袖を摑んでしまった。

「しつちょ……も、やめっ……あぅっ！」

「今は二人きりだよ」

約束を破った罰だろうか。強めに嚙まれた拍子に小さな悲鳴を上げてしまった。口を押さえようと袖から離した手が、今度は指を搦めて繫がれてしまう。

「もう一度呼んでごらん」

耳元で柔らかな声で命じられ、自然とその名が唇から滑り落ちてくる。

「ち、あき……さ、ん」

「よくできました」

唇を啄《ついば》むようなキスにお腹の奥がずくんと疼《うず》いた。悠然とした笑みを浮かべた美貌を見上げていると、それだけで身体が熱くなってくる。

千彰の手が首元に伸び、指先でネックレスのプレートを引っかける。く、と引っ張り上げられ、顎が自然と上を向いた瞬間、またキスをされる。

「小乃実が誰のものなのか……忘れてはいけないよ」

細められた瞳の奥に深い闇を見つけ、ぞくりと腰が震えた。なににそこまで怒っているのだろう。

目を潤ませながらこくこくと何度も頷くと、ようやく出窓から下ろしてもらえた。差し出されたファイルをしっかり胸の前で抱え、軽く俯いたまま廊下に出る。

「あら室長。こちらにいらしたんですね」

ヒールの音を響かせながら奈々美がこちらへ歩いてきた。思わずびくりと身を震わせると千彰が一歩前に出て、小乃実をさりげなく背中に隠してくれる。

「オルゴダ様との取引の件でご相談が……あら貴女《あなた》、ここでなにをしてるの？」

奈々美の声はいつもより一オクターブ近く高かったが、千彰の背後にいる存在に気付くなり地を這うような声色へと変わった。あまりの豹変《ひょうへん》ぶりに唖然《あぜん》としているうちに、千彰がすかさず助け舟を出してくれた。

「喬橋さんに毎月作ってもらっている売上報告書の件で、追加してほしい項目があったのでお話ししていたんですよ」

「まぁ……でも、そういうことでしたら私におっしゃってください。喬橋さんではわからない部分も多いと思いますから」

毎月せっせと作っているのは他ならぬ小乃実で、今なら内容だって社内の誰よりも熟知している。それなのにどうして奈々美を経由する必要があるのかまるでわからない。

言いたいことがお腹の中でぐるぐると渦を巻く。ファイルを持つ手にぐっと力を入れてから、いつもの笑顔を貼り付けた。

「では、私はこれで失礼いたします」

「ありがとう。それで釆澤さん、どういった件でしょうか？」

オルゴダはフランスに本社があるグローバル企業で、アフリカ各地で農作物の栽培・販売をしている。千彰の大学時代の友人が専務取締役に就いていることもあり、機器の販売だけでなく工事も請け負っている大口の取引先だ。

奈々美は小柄な営業アシスタントの存在を無視すると決めたらしい。タブレットを手に千彰に近付き、なにやらフランス語らしきものを交えて説明しはじめた。

こうなってしまったら小乃実は役立たずである。ぺこりと一礼し、小走りでその場から離れていった。

これまで奈々美が千彰と話している姿を幾度となく見てきた。あんなふうに堂々と仕事の会話ができて羨ましいと感心していたのに、どうして今はこんなにもやもやした気持ちになるんだろう。

総務のフロアに足を踏み入れると同時に頭をふるりと揺らし、居座り続ける靄《もや》を頭の隅へと追いやった。無視し続ければ勝手に消えるだろう。そんな目論見が外れたと知るのはそれから数時間後だった。

「小乃実さん、なんか疲れてません？」

名前を呼ばれ、はっと意識を目の前に向ける。そこには賑やかな食事の場が広がり、隣から一之が心配そうに顔を覗き込んでいた。

「あっ……ごめんね、なんでもないよ」

「本当ですか？　無理はよくないですからね」

「平気平気。ちょっとぼんやりしちゃっただけ」

ビールジョッキを握りしめたままだったと気付き、誤魔化すために一気に中身を飲み干した。

「おっ、相変わらずいい飲みっぷりですね。次はどうします？」

すかさず一之にドリンクメニューを差し出され、ざっと目を通しながらうーんと唸《うな》る。いつもならビールか、果汁の入ったサワーを頼むことが多いのだが……。

「うーん……白ワインにしようかな」

「ワインですか？　珍しいですね」

「そ、そう？」

千彰はワイン好きらしく、マンションに行くと色々なワインを飲ませてもらっている。その影響を知らず知らずのうちに受けているのだと思い知らされ、密かに顔を赤らめた。

「今日の小乃実さんは絶対に疲れてます！　だって、采澤さんにしつこく絡まれたんですからっ!!」

斜め向かいに座る瀬里が憤懣《ふんまん》やるかたないといった様子で捲《まく》し立てる。「采澤」という名前が挙がった途端、その場にはなんともいえない空気が漂いはじめた。

「うわぁ……それは災難だったね」

「いえいえ、大したことではありませんし、慣れていますから」

「あれを慣れてるって言えるなんて、喬橋さんはすごすぎるわぁ……」

千彰と二人きりで会議室にいたのが相当気に入らなかったらしい。奈々美はしばらくしてからせっせと仕事をしていた小乃実のもとにやって来るなり文句を言った。

あれこれ難癖をつけられた内容を要約すると「お前ごときが千彰に時間を取ってもらうなんて生意気だ」という意味だった。

いつもならその程度の小言など気にも留めず、笑いながらスルーできる。だが今日はまるで心にやすりをかけられているような気分になり、笑顔を維持するのが精一杯だった。

「ってかあの人、いつもすごく偉そうにしてますけど、そんなに売り上げを立ててるんですか？」

「あー……うん。それは間違いないよ」

歯切れの悪い答えになってしまったが、嘘はついていない。それに、今は奈々美についてコメントしようものなら、とんでもない悪口を口走ってしまいそうで怖かった。

「いやはや、喬橋さんは優しいねぇ」

少し離れた場所から労わりの声を掛けてくれたのは雅志だった。一体どういう繋がりがあったのか不明だが、なぜか千彰の友人兼部下である彼もこの場に参加している。

経営企画室の人間であれば奈々美の営業実績については詳しく知っているはず。だから小乃実が言葉を濁した理由を察していておかしくはなかった。

「えー、なんか喬橋さんと湖条さんだけが通じ合ってるんですけど！」

「なになに、あやしーい」

適度に酔っぱらっている上にノリのいい面子が揃っているから言いたい放題だ。二人だけの世界を作ってずるい、という不満の声を笑って受け流すつもりが、雅志がとんでもないことを言い出した。

「なに言ってんだよ。喬橋さんは室長のファンなんだから、俺なんか眼中にないっつーの」

「こ、湖条さんっ!!」

制止したものの既に手遅れ。思わず雅志を睨むとしてやったりと言わんばかりの顔をされた。一瞬焦ったものの、むしろただの「ファン」だという設定を維持しておいた方が安全のような気がしてきた。

「あぁ、それもあるから釆澤さんが突っかかってくるんですかね？」

「いやいや、あの人は本気で狙ってるらしいよ。仕事ができるアピールがすごいって聞くもん」

「たしかに、交流会の時とかべったり張り付いてるもんね」

奈々美が自分の有能ぶりをひけらかすのには理由がある。アトラウアの現社長、つまり千彰の父親である伊庭野忠《ただし》は、海外営業を担当していた、優秀と評判の女性を妻に迎え入れたのだ。

社長夫人である絵都子《えつこ》はアメリカで生まれ育った帰国子女で、当時はまだ女性が営業を担当するのは珍しかった。そんな不利な状況の中、彼女は気配りの行き届いた営業スタイルで売り上げを伸ばしていたらしい。

つまり奈々美は、有能な女性営業かつバイリンガル以上であれば、千彰の目に留まるに違いないと期待しているのだ。

「でもさ……万が一あの人が室長の奥さんになったとしたら、つまりは未来の社長夫人になるんでしょ？」

「非常に申し訳ないですけど私、そうなったら即辞めますんで」

「あははっ、宮薗さんは大っ嫌いだもんねー」

とにかく馬が合わないようで、瀬里と奈々美はことあるごとに衝突している。意見が対立するとお互いに一歩も引かず、小乃実は幾度となく二人の喧嘩を仲裁しているのだ。

皆が盛り上がる中、小乃実は適度に相槌を打ちつつワインをちびちびと飲んでいた。

やはり、次期社長の妻になる人は一芸に秀でているべきだろう。そうでなければ社員達も納得しないのだというのを今まさに思い知らされた。

「――――から、今回は決勝リーグにいけますって！」

ふと我に返れば話題はまったく別のものに変わっていた。気を取り直して会話に集中すると、隣に座る一之がなにやら熱弁を奮っているではないか。お喋り好きの彼がより饒舌《じょうぜつ》になっているのだから、きっと話題は「あれ」に違いない。

「あー、たしかに。逆に世界ランキング上位三位が同じグループってすごいよなぁ」

「まぁ、あのグループが実質的な決勝リーグになりそうだけどね」

どうやら一之の同類が何人かいるようで、彼らは嬉々として来月開催されるサッカーの世界大会について意見を交わしはじめた。

「永代君、ラオスでは試合はテレビで観られるの？」

「うーん……場合によります。停電も結構あったりするんで、生中継は難しいかもしれません」

「そうなんだ。監査がもう少し遅ければよかったのにね」

一之は自身もサッカーに青春を捧《ささ》げ、一時期はプロ入りを真剣に目指していたそうだ。だが怪我によってその道は絶たれてしまい、今では観戦専門だと言っていた。

「あー……監査が一ヶ月くらい延びないかな。そうしたらこっちのスポーツバーで盛り上がれるのに」

監査が延びるのはそれだけ不備が多いことを意味する。縁起でもない！　という非難の声にさすがの一之もぺこぺこと頭を下げていた。

「あ、そういえば永代君に連れていってもらったね。あれはなんの試合だったっけ？」

「たしかオリンピックだったと思います」

「そうそう。あの時初めて行ったけど、一体感がすごかったねぇ」

二年前、一之から絶対に楽しいからと熱心に誘われ、瀬里を含めた数人で飲みにいったのだ。試合前にもかかわらず店内は異様な熱気に包まれていて、あまりスポーツに興味のない小乃実は怖気づいてしまったのを憶えている。

だが、いざ試合が始まると大型モニターから目が離せなくなり、キンキンに冷えていたビールがすっかりぬるくなるまで存在を忘れてしまった。

「そうそう、あの時は日本が逆転勝ちして、小乃実さんはボロ泣きしてましたね」

「ええっ、そんなに泣いてないよ⁉」

小乃実にとってあれは「ちょっと泣いた」程度だった。普通の人と基準が違う自覚はあるが、お客さんの中には号泣していた人もいたのでボロ泣きは大袈裟《おおげさ》すぎる。

「というか、私だけ泣いていたみたいに言わないでよ！　永代君だって宮薗さんだって泣いたでしょ。ちゃんと見てたんだからっ‼」

思わずむきになって反論すると、二人は同じタイミングに「バレたか」と呟いた。

顔を合わせれば口喧嘩ばかりしているのに、こういう時だけ息ぴったりなのが実に不思議だ。

「たしかに、喬橋さんの泣き顔はレアだから、言いたくなる気持ちはわかるかも」

「そうそう。笑顔のイメージしかないもんな」

「なんかそれ、私が能天気みたいじゃないですか！」

小乃実が抗議すると一斉にどっと笑い声が上がる。反応を見る限り、目論見通りのイメージを抱いてくれているようだ。内心では安堵しつつも「ひどい」と膨れっ面になった。

「喬橋さーん、怒んないでよ。お詫びにスポーツバーで奢《おご》るからさー」

「絶対に嫌です！」

意図があからさまな誘いを断固拒否すると皆が笑い転げている。よかった、今日も無事に明るいキャラを演じきれそうだ。

小乃実は残っていたワインを飲み干すと、すかさずおかわりを頼んだ。

◇◆◇

頬に柔らかなものが触れ、破擦音を立てて離れていく。薄れていた意識が徐々に輪郭を取り戻していくのを感じながら、小乃実は重い瞼をこじ開けた。

「え………？」

この場所がどこかなのかは目を開ける前からわかっていた。千彰の住まうマンションの中で、寝室が愛用している香水の匂いを最も濃く感じられるのだ。それに、ふかふかの場所に横たわっているのだから間違えようもない。

驚きの声を漏らした拍子に喉が荒れているのがわかったが、今はそんなことを気にしている場合ではなかった。

小乃実は今、左を下にした状態で横になっている。目を開けて最初に認識したのは、身体の前に投げ出された両腕。その体勢そのものは不自然ではない。

だが、シーツの上にある両手首は、なぜかバスローブの紐《ひも》によってしっかり縛られた状態になっていた。

「起きた？」

声のした方へのろのろ顔を向けると、背後から千彰が覗き込んでいる。頬に張り付いた髪を撫でるような手付きで払いのけてから、ベッドから下りた気配がした。

「喉が渇いているよね」

「は、い……」

グラスに水を注いでいる音を背中で聞きながら、小乃実はのろのろと起き上がる。まずは肘をついて上半身を押し上げ、身体を捻って正面を向いた。

まだ頭がぼんやりしていて状況がよくわからない。

縛られた両手、バスタオルを巻いただけの身体、そしてバスローブ姿の千彰の順に眺めてからようやく思い出した。

金曜日は千彰が実家に用事があって戻っていたため、小乃実は土曜日の午前十一時過ぎにマンションへとやって来た。そしていつものように昼食を作り、ダイニングテーブルに向かいに合わせに座って食べた。

今日のメニューはきのこの和風パスタとサラダ。いつも作っているレシピで、とお願いされていたのでパスタにはベーコンの代わりに油揚げを入れた。

そんな節約メニューを千彰に出して嫌がられないか心配だったが、好評だったのは嬉しい誤算だ。「また作って」とリクエストまでしてくれて、小乃実はほっとしながら洗い物を済ませた。

そしてこの後、湾岸エリアまで初めてドライブに行く予定にしていたのだが……。

「………んっ」

グラスを片手に千彰が傍らに座る。縛られた手で受け取ろうとしたが、不意に顎を摑まれた。喉が渇いている小乃実を前にして千彰がグラスに口を付け、そのままキスしてくる。

舌先でこじ開けられた隙間からぬるい水が少しずつ流し込まれた。与えられている方法には戸惑いがあるものの、今は乾きを解消する方が優先だ。注がれたものを躊躇いなく飲み下していく小乃実を見つめ、千彰がにこりと微笑んだ。

「あの……どうして私は、縛られているんですか?」

小乃実の問いにサイドテーブルへグラスを戻した千彰がゆっくりと振り返る。そしてネックレスのプレートを指先で揺らしはじめた。

「さぁ……どうしてだと思う?」

口ぶりから察するに、小乃実への罰のようだ。ようやく思考がクリアになりはじめたので、必死で記憶を呼び起こした。

昼食の後、突然「一緒にお風呂に入ろう」と提案された。予定を忘れてしまったのか訊ねようとも思ったが拒む理由はない。小乃実が頷くとすぐさま抱き上げられ、浴室へと運ばれた。

一緒に入浴するのは初めてではないけれど、明るい場所で裸を見られるのは未だに慣れなくて恥ずかしい。だけど夫が望むのであれば、妻としてできる限り応えるべきだと覚悟を決めた。

千彰は小乃実の世話を焼くのが好きらしく、文字通り頭の先から爪先までたっぷりの泡で洗ってくれる。今日も同じようにされるのかと思いきや、いつもとは明らかに違った。

髪の毛は優しく洗って丹念にトリートメントを揉み込まれる。だが、身体の方は泡越しにほとんど愛撫のような手付きで執拗《しつよう》に弄られた。

そして今にも床にへたり込みそうになっていると——。

「私が、我慢できなかったから……ですか？」

「そうだね。俺がしっかり『消毒』していたのに、勝手にイッてしまったんだよ」

「…………ごめんなさい」

あの時、両手で胸の膨らみをやんわりと摑み、先端を指で擦りながら千彰が「我慢しなさい」と囁いたのは憶えている。

小乃実は息も絶え絶えな状態になりながらも頷き、なんとか耐えていた。だが、脚の付け根に滑り込んだ指が秘豆へ泡を塗りつけ、くるくると弄ばれた瞬間、膝がかくんと折れてしまった。

幸い、千彰がすぐに抱き留めてくれたので倒れはしなかったが、泡だらけで絶頂を迎えてしまい身動きが取れなくなったのだ。

その後の記憶はあやふやだが、千彰は小乃実を抱えつつシャワーで泡を流し、湯船に浸からせてくれた気がする。

しかも髪はしっかり乾いているので、これもまた千彰がやってくれたのだろう。もしかして、言いつけを守れなかった上に迷惑をかけたので怒っているのだろうか。

「さて、消毒の続きをしようね」

「あ、の……っ、どうして……っ、消毒するんです、かっ……ひゃあっ！」

肩を押され、小乃実は再びベッドへと沈む。倒れた拍子に巻いていたタオルが解けてしまった。咄嗟に戒められた腕で胸元を隠したが、結び目に引っかけられた指によって頭上へと導かれる。

「俺がいいと言うまで、腕を下ろしてはいけないよ」

「はい……」

潤んだ目尻に口付けた千彰は身を起こし、じっくりと小乃実を眺めた。

時刻は午後二時を少し回ったばかり。レースカーテン越しに入る陽射しが寝室を明るく照らしていた。そんな場所で両手を上げたまま千彰に裸体を晒している。恥ずかしさがピークに達して頭がくらくらしてきた。

「あぅ……っ、ん、んんん………っ」

小乃実を丸裸にする時でもネックレスだけは外さない。飼い主の名前が刻まれたプレートを揺らしてから、するすると羞恥に震える身体を撫で下ろしていった。

一度は落ち着いたはずの疼きが、素肌を軽く撫でられただけで蘇ってくる。枕を握りしめながら無意識のうちに両膝を擦り合わせた。

「力を抜きなさい」

膝に手を添えながら千彰が静かな声で命じる。この閉じた場所が今、どんな状態になっているのかはわかっている。千彰にその様を見られるところを想像しただけで、またもやお腹の奥がきゅうっと切なくなってきた。

「小乃実？」

「う……は、い………」

膝頭をするりと撫でられ、遂に観念する。膝裏を掬うように脚を持ち上げられ、左右に大きく広げられた。こんな明るい場所でじっくり見られてしまうなんて。せめて顔を隠せればいいのに、腕を動かすのを禁じられているからそれすらもできなかった。

「やっ！　千彰さん……っ、そこは、ダメ、で……すっ！」

「どうして？　こんなに溢れてきているから勿体《もったい》ないよ」

「おね、がい……や、あっ……ああっ‼」

そこで喋らないでほしい。小乃実の懇願もむなしく、寄せられた唇から覗いた真っ赤な舌が肉唇を濡らしているものを舐め上げる。ぴちゃりと立った水音が新たな蜜を誘いはじめた。

ひくついた蜜口を舌先でくすぐったかと思いきや、今度は秘豆をきつく吸い上げる。絶えず与えられる刺激に内腿がふるふると震えてきた。

「閉じないように頑張っているんだね。偉いよ」

「う……は、い………」

褒めているように聞こえるが、これは一種の牽制《けんせい》だ。小乃実は唇を噛みしめて内側に倒れてしまいそうな膝をその場に留めた。そんな苦労をあざ笑うかのように蜜壺へと尖らせた舌先が挿し込まれる。

「んぁっ！　やっ、も、許して………くださ、いっ！」

舌は柔らかい分だけ内側の襞《ひだ》へぴったりと密着する。浅い場所を軽く舐められるだけで腰が跳ねそうなほどの刺激があるのだ。

千彰は小乃実がこれに弱いと知っている。感じすぎて怖い、と泣きじゃくって以降はやめてくれていたのに、どうして今日に限ってされたのかわからない。

もしかしてこれも「消毒」の一環？　それとも言いつけを守らなかったから？　霞みつつある意識が鋭い刺激によって急激に引き戻された。

「きゃっ………あ、ああああ――――ッッ!!」

蜜口にあてがわれた唇によって蜜を吸い上げられる。じゅるじゅるという音と吸われる感覚によって小乃実は再び絶頂へと押し上げられた。何度か大きく痙攣《けいれん》し、ぐったりとベッド

へ身を沈める。

まるで急な坂を全力で駆け上がったような苦しさが全身を巡る。視界には白い閃光《せんこう》が残り、まだ下りきっていないと教えてくれる。浅く細切れの呼吸の合間に足の方でばさりと布の落ちる音が響いた。

「今回は言いつけを守れたね」

バスローブを脱いだ千彰が顔を覗き込み、優しく頬を撫でてくれる。無意識のうちに手にすり寄るといい子、と褒めてくれた。こうされてしまうと、彼の望むことならどんなことでも叶《かな》えてあげたいと思ってしまう。

「最後に、ちゃんと奥まで消毒しようか」

消毒の意味がよくわからないが、考える余裕も残されていない。ひくひくと痙攣を残す蜜口に肉杭が含まされ、ゆっくり沈められていった。

「あ……ぁ、んっ…………う、は…………あっ」

奥へ進んでは軽く戻るのを繰り返しながら千彰は腰を寄せてくる。すっかり解された肉筒はそれでもまだ狭いらしい。進むにつれて小さな呻《うめ》き声を漏らした。

「は……ぁ、相変わらず、狭いな……すぐに達してしまいそうだ」

「ごめん、なさい……」

小乃実がもう少し力みを上手に逃がせていたら、苦しい思いをさせずに済むのかもしれない。目の縁からじわじわと涙が湧き出てきた。すんと鼻を鳴らすと千彰が身を屈めて顔を覗き込んでくる。

「でも、段々と俺の形になってきているね。嬉しいよ」

「そう……なんですか？」

初めての時は身体が真二つに裂かれているんじゃないかというくらい痛かった。それも回数を重ねるうちに和らいでいき、今ではこじ開けられる時の圧迫感が気持ちいいと思えてしまう。

それが形を覚えはじめたということなのだろうか。ぼんやりそんなことを考えていると千彰が艶やかな笑みを浮かべた。

「どうやらここには俺以外に誰も入ってきていないようだね」

「………っ、当然、です！」

いきなりなにを言い出すのか。小乃実が浮気をできるような性格ではないのは、千彰が一番よくわかっているはずなのに。理由を問おうとしてはっと口を噤んだ。

もしかして、水曜日の件を気にしている……？　二次会は断って早く帰り、言いつけ通りアパートに着いてすぐ電話をかけて報告もした。

それでも千彰は信用できなかったから、わざわざ「消毒」したに違いない。信じられていないことに悲しみが湧き上がる。

「私、は……千彰さんとしか、できません」

「本当に？」

とん、と奥を突かれ身悶える。小乃実は負けじとこくこく頷いた。

「千彰さん、としか、できないし……したく、ない、ですっ」

小乃実が喋るたびに奥を小突かれ言葉が跳ねる。それでも必死に言葉を続ける姿を千彰はうっとりとした眼差しで眺めていた。

「こんなに感じやすいのに俺としかセックスしたくないのは……どうして？」

「それ、は……」

理由はわかりきっているはずなのに、千彰はどうしても言わせたいらしい。目をぎゅっと閉じると目尻からぽろぽろと熱い雫が流れ落ちていった。

想いを口にするのは恥ずかしい。だけど言うまで千彰は解放してくれないだろう。縛られたままの手で枕をきつく握りしめると覚悟を決めた。

「千彰さん、が、好きだから……です」

言葉にした途端、胸の中で漠然と漂っていた想いが形作られていく。輪郭を得た気持ちは小乃実が想像していたよりも遥かに大きいものだった。

急に胸がいっぱいになり、抱えきれなくなった気持ちが押し出される。喉を震わせながらはらはらと涙が零れてきた。

告白するつもりもなかった「憧れ」は千彰と過ごすうちに「好き」に変化していた。彼が小乃実に所有の証を身に着けさせたいのと同じように、小乃実も千彰を独占したいと思うようにさえなっている。

「あぁ……本当に、どうして小乃実はこんなに可愛いのかな」

「可愛く、ない……です」

水膜の張った視界の中で千彰が微笑んでいる。蕩けそうな笑顔が徐々に近付き、唇に軽やかなキスが与えられた。

嗚咽を我慢しているから、きっと口は変な形になっているはず。鼻の頭は赤くなっているだろうし、そろそろ瞼も腫れてくるだろう。ただでさえ平凡な顔をしているのによりひどい有様になっているに違いない。

「誰がなんと言おうと、俺は可愛いと思っているのだけは忘れないで」

「はい……」

きっぱりと言いきられ、小乃実は反論を諦めた。千彰は両方の目尻に唇を押し当て、舌先で涙を掬い取った。そして枕を握りしめている指を解き、再び手首に巻きついた紐が吊り上げられる。

その手が――千彰の頭上へと導かれた。

小乃実の腕が作った輪の中に頭をくぐらせ、千彰が甘く微笑む。背中とシーツの間に滑り込んできた腕によって持ち上げられ、座っている千彰に乗り上げる体勢にされた。

「あっ、やっ……くる、しっ………！」

身体が沈み、繋がりが更に深くなる。最奥だと思っていた場所の更に奥をこじ開けられ、小乃実は反射的に逃げの姿勢を取った。だが、そう簡単に赦《ゆる》されるはずもなく、腰を抱く手によってあっさり元の位置に戻される。

「大丈夫だから、落ち着いて」

「で、も……っ」

「俺は小乃実ともっと深く繋がりたい。だからもう少しだけ……頑張って」

耳元で懇願され、小乃実はぴたりと抵抗をやめた。おずおずと顔を上げると息を乱した千彰が額に唇を押し当ててくる。

「深呼吸して……そう、ゆっくりでいいから、そのまま下りておいで」

そろそろと浮かせていた腰を落としていく。これまで経験したことのない圧迫感に喉がひゅっと鳴った。

「上手だよ。あぁ……すごい、な」

千彰の陶然とした声が耳元で響き、内側がきつく窄《すぼ》まる。汗ばんだ素肌同士が吸い付くように触れ合い、それだけでうっとりと夢見心地になってきた。だが、それも長くは続かなかった。

「んぁっ！」

裸の胸同士をぴたりと重ねたまま激しく揺さぶられ、下から突き上げるような衝撃に息が止まった。

身体の奥深くを突かれるのは怖い。だけど苦しさを覚えるほどきつく抱きしめられるのは気持ちがいい。千彰に夢中でしがみつきながら恐怖と快楽の渦の中に放り込まれ、声を上げる余裕もなく達した。

「小乃実……愛してるよ」

ぐったりと千彰に身を預け、夢うつつの小乃実の耳に甘い声が注ぎ込まれる。緩慢な仕草で千彰を見上げると目元を朱に染めた綺麗な顔があった。

「だからもう二度と、泣いている顔を他の男に見せないと約束して」

「はい……約束、します」

他の男の前で泣いたりなんかしていない。前に約束をしたのだ。でも、千彰がそれを望むなら何度だって約束する。

一切の躊躇いを見せずに頷いた小乃実へ、甘く蕩けるような口付けが与えられた。

＊＊＊＊＊

とさりと軽やかな音を立て、シーツに細い腕が落ちる。色白の手首に残る赤い痕をしばし眺め、千彰はふっと目を細めた。

深い絶頂を迎えた小乃実がのろのろと顔を上げる。まだ完全に戻ってきていないのか、睫毛に透明な雫を纏わせた瞳はどこか遠い場所を見ているようだった。

「小乃実、眠っていいよ」

「は、い……」

きっと限界だったのだろう、柔らかな声でそう言うとすぐさま意識を手放した。腕にかかる重みが急激に増したのを感じながら、慎重にベッドへと横たえる。

汗ばんだ額に張り付いた前髪を撫でるようにして払い、代わりに唇を軽く押し当てる。早くも赤みを帯びてきている目元にも同じものを与えてから身を起こした。

「…………んんっ」

ゆっくり腰を引いていくと、追い縋《すが》るように肉襞が絡みついてくる。奥歯をきつく噛みしめ、奥に戻りたくなる衝動を必死で振り払った。ちゅぷんと音を立てて抜け出すと小乃実が愛らしい声を漏らす。

手早く片付けを済ませると、千彰は四肢を投げ出したまま眠る身体をそっと包み込んだ。

小乃実は小柄なのを気にしているようだが、抱きしめると腕にすっぽり収まるのが心地いい。こうすればたとえ急に涙を零しても誰にも見せずに済むのにも満足していた。

――こんな感情を抱く日が来るとは。

伊庭野千彰という人間は、己を取り巻く状況を正確かつ客観的に理解している。大企業の跡取りであり人目を引く容姿をしているお陰で、老若男女問わず利用しようと近付いてくる者は幼少の頃より後を絶たなかった。

とはいえ、彼らの思惑に振り回されるほどお人好しではない。穏やかな性格を装って相手が隙を見せる瞬間を待つ。そしてうっかり腹の内を見せたが最後、ありとあらゆる方法で自滅するよう仕向けるのだ。

千彰の本性を知る者はごく僅か。彼らにはよくお前だけは敵に回したくない、と言われていた。

そして、幼い頃よりうんざりするほど言い寄られてきたせいか、女性には期待も興味もまったく抱けずにいた。

付き合う相手はある程度選ぶものの決して深い関係にはならない。当たり障りのない、底の浅い交際ばかりしている長男に、恋愛結婚をしきりに勧めていた両親もいよいよ痺《しび》れを切らしたらしい。

近々見合い相手を見繕うと宣言された矢先に――見つけてしまった。

入社四年目の営業アシスタント、喬橋小乃実の存在は本社内で広く知られている。

いつでも元気いっぱいで、面倒な仕事を自ら引き受けては朝から晩までオフィスを駆け回る姿は有名だった。

笑顔を絶やさず、どんなに嫌味を言われても平然としているので、天然なのだろうというのが皆の認識だった。

小乃実もまた千彰に好意を抱いているのは明白だったが、仕事上の関係より先に踏み込んでこない点が他の女性とは明らかに違う。直接やり取りする機会があってもただ千彰に命じられたことに素直に従い、きっちり遂行するだけだった。

月の初めに報告書を持参する時、小乃実はいつもの笑顔にほんの少し緊張を乗せている。言葉を掛けてやるとぽっと頰を染め、それを隠すように慌てて去っていくのが可愛らしいが、それ以上の感情は湧いてこなかった。

あの日、執拗に誘いをかけてくる得意先の女性役員が来社の予定だった。エレベーターホールで待ち構えているだろうと踏んだ千彰は、裏手からオフィスへ入ろうとしたのだ。

人通りの少ない非常階段を目指して給湯室の前を通ると、微かな呻き声が聞こえてくるではないか。この場所はあまり使われていない。空耳かとも思ったが、冷蔵庫の陰に隠れるようにして蹲《うずくま》る背中を見つけてしまった。

名前を呼んだ声はちゃんと聞こえていたはず。だが返事もせずもぞもぞと動くだけ。具合が悪いのかと肩に手を乗せると、ようやく振り返った。

あの瞬間は今でも鮮明に覚えている。

悩みとは無縁そうな、いつだって無邪気な笑顔を浮かべている彼女が、唇を歪めてぽろぽろと大粒の涙を零していたのだ。

涙で関心を引こうするパターンには何度も遭遇したが、小乃実のそれは明らかに違った。見上げる眼差しには怯《おび》えの色が浮かび、次々と溢れてくる涙を隠そうとしきりに頬を手で拭っている。しかもしゃくり上げながら大丈夫だと助けを拒絶した。

どんな状況に直面しても冷静に対応できる自負はあった。それなのに小乃実が声を殺し、必死で涙を止めようとしている姿を見た途端、千彰は自分でも驚くほど動揺していた。

それでもハンカチを半ば強引に渡し、人目のつかない場所に匿うことができたのだから上々の出来だろう。

よほどショックなことがあったのか、小乃実の涙が止まる気配がない。千彰のハンカチを目元に押し当て、小さな身体を震わせながら泣いている。その姿を見ているうちに、いつの間にか濡れた目尻へと手を伸ばしていた。

指先に濡れた感触を覚えた瞬間、我に返る。そしてあくまでも穏やかな「伊庭野室長」の仮面を被ったままその場を後にした。

仕事に戻ってからもどこか上の空で、その日は早々に切り上げて帰宅した。静かな場所で改めて衝撃的な出来事を思い返すうちに、ある欲望が自分の中に芽生えているのに気が付いたのだ。

もう一度、あの顔が見てみたい。

常に笑顔を崩さない小乃実が泣きじゃくるのを慰めながら、すぐ傍でじっくりあの顔を堪能したい。しゃくり上げる身体を抱きしめ、胸元が涙でじわじわと濡れていくのを想像しただけでごくりと喉が鳴った。

千彰がこれほどまでになにかを欲したのは生まれて初めてだ。激しい胸の高鳴りに戸惑いながら深い溜息を零した。

「参ったな……」

口ではそう言いながらも端整な顔には笑みが浮かんでいる。テーブルに置かれたスマホを手に取ると、己の望みを叶えるべく行動を開始した。

まずは両親に欲しい相手が見つかったので見合いは不要だと告げる。それと同時に小乃実の身上を詳しく調べるよう、伊庭野家お抱えの調査会社に依頼した。

結果は驚くほど早く届けられた。

喬橋小乃実は二ヶ月前に二十六歳になったばかり。北関東のとある中核都市の出身で、両親と父方の祖母、そして三歳年上の兄の五人家族。大学までは実家から通っており、就職を機に上京した。

中学の時は手芸部で高校では調理部に所属。運動はあまり得意ではない。大学は英文科を専攻しており、サークルには所属せずアルバイトに精を出していた。

あっという間に報告が上がってきたのは、小乃実に特筆すべき項目が存在しないからだろう。何度目を通してもなにも引っかかるような部分が見つからない。だが、むしろそれが不自然だった。

報告書に添付されていたクラスの集合写真では常に真ん中にいるのだから、今と変わらずムードメーカー的な存在だったのだろう。だというのに、交友関係についての記述がまるでない。調査漏れを疑って確認してみたが、恋人はおろか親友と呼べるような人物すら見つけられなかった、という返事があった。

一人でいるのが好きということもある。だが、小乃実はなにか秘密を抱えている気がしてならなかった。

しかし、隠されると暴きたくなるのが性《さが》というものだろう。まずは手始めに皆を交えて食事にいき、徐々に距離を詰めていこうと決めたものの、その作戦は見事に出鼻を挫《くじ》かれた。

小乃実が売上報告書の作成を担当するようになって一年が経つ。本来はもっと経験のある社員がやるべき仕事なのに誰も引き受けたがらなかった結果、彼女にバトンタッチされたと聞いていた。

当初は苦労していたようだが提出期限に遅れはなく、いつも正確かつ丁寧な報告書を持ってきてくれる。ふと思いつき、少々難解な集計ができるか訊ねてみると、「はい、可能です！」と即答され、しっかりシステムを使いこなしているのは明らかだった。

報告書を届けにきた時に皆で食事でも、と誘えば雅志や玖美子は必ず食いついてくるだろう。そこですかさず約束を取り付けようという目論見はあえなく崩れ去った。

「喬橋さん、今回は外しちゃったみたいだよ」

「………そうか」

応対した雅志は出直すように進言したが、小乃実はそれを断ったらしい。そもそもこの時間帯は定例のミーティングが入っているのを知っているはず。それをわかった上で来たのかという疑問が残った。

デスクに置かれたファイルを手に取ると、いつもより厚みを感じる。開いてみると、最後のページの後ろに百貨店のロゴの入った小さな紙袋がテープで貼られていた。

袋の裏側に二つ折りにした付箋が貼られている。「ご迷惑をおかけしました」という文字と喬橋というサインが入っているのを認め、すべてを悟った。

中身は見なくてもわかる。律義な性格は嫌いではないけれど、今回に限っては貸したハンカチを、できれば洗わずに返してほしかったと思ってしまった。

その後も何度か小乃実を見かけたものの、一瞬でも目を離すとどこかに消えてしまう。その徹底ぶりから避けられていると考えるのが妥当だろう。

これまで出会った女性達であれば、なにかを貸そうものなら絶好のチャンスと言わんばかりに迫ってきた。それなのにどうして、近付きたい相手に限って逃げ回るのか。内心の苛立ちを押し隠し、千彰は次のチャンスを待った。

毎月開催される社内交流会は正直なところ面倒だとしか思っていない。だが今回は「この後」を考えることで幾分か気が紛れた。

後片付けをする彼女の退勤に合わせて職場を出ると、目論見通り部下が足止めしてくれたようだ。久しぶりに顔を合わせた小乃実は辛うじて笑顔を浮かべているものの、早くこの場から離れたいと思っていることがバレバレだった。

このまま攫《さら》ってしまいたくなる衝動を柔らかな微笑みの裏に隠し、努めてさりげなく誘ったはずが——断られた。

白々しい嘘をついて千彰を遠ざけようとするなんて。不思議と怒りは湧いてこず、むしろ楽しくなってきた。

次は絶対に逃がさない。密かに決意をした矢先、なんと小乃実が合コンに参加するという情報が入ってきたではないか。いくら人数合わせ要員とはいえ、あの愛想のよさと笑顔を気に入る男は確実にいるはずだ。

これはもう悠長に構えてはいられない。合コン終わりのどさくさに紛れて連れ帰る作戦は、多少のハプニングが起きつつも成功した。

ようやく自分のテリトリーへと引き入れた小乃実はひどく緊張していた。その姿はまるで急に知らない場所へ連れてこられた子犬のようで、申し訳ないと思う反面で愛おしさがより増していく。

理性的に接しようと決めていたはずが、不意打ちで大胆な告白をしてくれたせいで一部が崩壊した。そして泣きじゃくりながら懇願する姿を目の当たりにして、残りの部分は見事に木端微塵になった。

恋人なんかではとても足りない。婚約者でも生ぬるい。

そうなれば——夫婦になるしかない。

暴走した千彰の提案を小乃実がそう簡単に受け入れるはずがない。千彰に好意を持っているはずなのにそれ以上の関係になるのに躊躇するのはなぜだろう。結局、最大限に譲歩した「お試し婚」を半ば強引に了承させた。

始めたばかりの頃の小乃実は緊張のあまりなかなか食事も喉を通らない有様だった。だがそれも次第に慣れてきたようで、今では笑顔を見せてくれる。

会社にいる時のように優しい男を装った方が、女性の心を惹《ひ》きつけるのはわかっている。だけど、小乃実の前ではなぜかその仮面を被り続けることがむずかしい。

意地悪なことを言うと、内心では焦っているらしいのに、千彰の願いをなんとか叶えようとしてくれる。その姿がいじらしくて、可愛くて、どうしてもやめることができない。

週末限定の飾らない笑顔と大粒の涙を零して泣く姿を堪能すると、ただ部屋に籠もっているだけなのに言い知れぬ多幸感で胸がいっぱいになった。

ようやく懐いてくれた愛しい子犬を手放すつもりはない。だが、慎重な小乃実に結婚の証を渡しても断固として受け取らないだろう。だから代わりに千彰の名前を刻んだネックレスを贈った。

小乃実はプレゼントの意図をすぐさま理解したようだが、意外にも嫌がる素振りは見せない。むしろ頬を染め、千彰の名が刻まれた首輪を嬉しそうに着けていた。

一刻も早く「お試し」という条件を外したい。だが、小乃実の自己評価を上げなければ絶対に首を縦には振らないだろう。

小乃実は泣きやすい体質のせいか自己評価が低く、仕事においても自分は大したことをしていないと思い込んでいるらしい。実のところ、営業に関わる業務だけでなく、様々な部署の仕事を把握しており、そんな社員はほんのひと握り。だからこそありとあらゆる雑務をこなせるというのに、その能力の高さをまったく自覚していないのだ。

奈々美を筆頭に営業担当のミスを素早くフォローし、クレームや注文キャンセルを防いでいるお陰で順調に売上を伸ばせている。だが、残念なことに小乃実の名前は功労者としてどこにも記録されていない。

彼女のコミュニケーション能力の高さは営業に向いている。きっと素晴らしい業績を出してくれるだろうと思い、小乃実の上司に水を向けてみたのは一年ほど前だったと記憶している。

だが——結果は意外なものだった。

「何度か打診してみたのですが、『そんな大事な役目を務める能力は、私にはありません』と固辞されてしまいました」

残念そうな顔で報告された時、さすがの千彰も驚きを隠せなかった。営業になれば売り上げに応じてインセンティブが支払われる。今よりももっと給料が上がるのは間違いないし、なにより功労者として注目されるのは間違いない。だが小乃実はそれを望まず、ただのアシスタントとして黙々と仕事を続ける道を選んだのだ。

懸念点はそれだけではない。小乃実を密かに狙っている社員は少なからず存在している。その筆頭と思われる永代一之は、一時帰国するなりすぐさま営業部へと挨拶に向かったと聞いた。

残念ながら気持ちはまったく小乃実に伝わっていないようだが、それでも油断はできない。小乃実が裏切るとは思わないが、強引にということもある。気を揉みながら電話を待っていると、予想していたよりも早い時間に帰宅の報告があった。

それで安心したのも束の間、いつの間にか食事会に潜入していた雅志から衝撃の事実を知らされたのだ。

「喬橋さんの泣き顔ってさ、全然想像できないよねー」

「うーん。たしかに……って言ったら失礼ですが、にこにこ笑っているイメージしかないのは事実ですね」

雅志と玖美子の雑談に思わず仕事の手が止まる。顔を上げるのだけはギリギリ踏み止まったが、意識は完全に二人の会話へと向けられた。

どうやら小乃実は二年ほど前に人前で涙を見せたことがあるらしい。スポーツの大逆転劇に感動してしまったようだ。

しかもその場には、あの永代一之がいた。

千彰が知るよりも前にあの男が小乃実の泣き顔を見ている。過ぎたことだといくら呑み込もうとしても、どうしようもないほどの苛立ちを覚える。結局、週末にやって来た妻を念入りに「消毒」することで溜飲を下げるしかなかった。

小乃実には趣味らしい趣味がないと言っていたが、ある意味では「節約」がそれにあたるのかもしれない、と恥ずかしそうに打ち明けてくれた。

今日のパスタがいい例だ。ベーコンではなく油揚げを使っているのは、栄養バランスやカロリーを気にしているからではない。単に食費をできる限り抑えようという意識が働いているからだ。

週末のほとんどを「泣き貯め」に費やしているのでさほどお金はかからない。ファッションやメイクは清潔感だけを気をつけ、ブランド品には興味の欠片すら抱いていないらしい。

まったくお金のかかる生活をしていない小乃実が節約に励んでいるのには、れっきとした理由があった。

名誉のためにも補足するが、アトラウアは決して薄給というわけではない。かといってとても高給だとはいえないものの、同世代の同じ職種の人よりも多くもらっているのは間違いないだろう。

小乃実は大学生になった頃から一人で生きていく覚悟をしていたらしい。「欠陥品」である自分には結婚なんて夢のまた夢。だからこつこつと貯金をして、将来に備えていたのだ。

その姿勢は千彰の妻になってからも変わらない。欲しいものがあるならいくらでも買ってあげるつもりだというのに、小乃実はなにもねだってはくれない。それどころか週末に使う食材すら、いかに無駄なく使いきるかを真剣に考えているほどだった。

なにかを買い与えようとしても「これ以上はいただけません」と固辞する。その生真面目さと倹約精神は素晴らしいが、千彰は大いに不満だった。

もっと頼ってほしい。

もっと甘えて、我儘になってほしい。

千彰がいなければ——生きていけなくなってほしい。

臆病で泣き虫なのに、とてつもなく頑固な子犬をこれからどうやって溺れさせようか。

新たな思案を巡らせながら愛しい身体を抱え直し、千彰はゆっくり目を閉じた。

第三章　変容

月曜日――カフェテリアで昼食を済ませた小乃実は給湯室でマグカップを洗っていた。

泡に包まれたカップを水で流し、布巾で拭いていると誰かが近付いてくるのが気配でわかる。顔だけ振り返らせると、そこには見知った女性が佇んでいた。

「このちゃんお疲れー」

「お疲れ様です。これからお昼ですか？」

そうだよ、と返した玖美子がふと肩越しに視線をシンクに移す。その行為は実になにげない、ごく普通の仕草だというのに小乃実は咄嗟に身を強張らせた。

「珍しい、今日はお弁当じゃないんだね」

「そうなんです、実は寝坊してしまいまして」

少し前に同じ説明を瀬里にしてあったので、今度は動揺せずに済んだ。よかった、と密かに安堵する小乃実をよそに玖美子は思わせぶりな笑みを浮かべる。

「もしかして、休日をめいっぱい楽しんじゃったかんじ？」

「えっ……いえいえ！　そんなことは…………ない、です……よ？」

鋭い指摘に微妙な返事しかできなかったのは無理もない。正直なところ「楽しんだ」かと言われても素直に肯定できなかった。

先週の金曜日、仕事を終えた小乃実はいつものように千彰のマンションへと向かった。そしていつものように週末を過ごし、日曜の夕方に自宅アパートへ帰ろうと支度を始めたところ、なぜか千彰が抱きついたまま離れなくなってしまった。

身動きができないので用意が進まない。これまで何度も引き留められたり、自宅アパートの前に停めた車の中で別れを惜しまれたりしてきた。だが、ここまで強引なパターンは初めてで小乃実は大いに戸惑った。

『もう一日だけ、一緒にいたい……』

千彰は今、新しい事業部の立ち上げに忙しくしている。もしかすると小乃実と過ごす時間を確保するのに無理をしているのかもしれない。

切なげな声での懇願に申し訳なさが湧き上がり、遂にこくりと頷いてしまった。

つまり小乃実は今日、初めて千彰のマンションから直接オフィスへと出勤した。駅までの道で知り合いと遭遇するのではとびくびくしていたが、それは杞憂《きゆう》で済んだ。

だけど、昨晩の余韻だろうか。身体の芯に未だ残っている火照りのせいで、仕事をしていても少々挙動不審になっていた。

「白部さんは、やっぱりお忙しいのですか？」

話題を変えるべく話を振ると、玖美子は冷蔵庫から取り出したミネラルウォーターのキャップを開けながら深い溜息をついた。

「そうだね。結構キツいけど、室長のお陰でなんとかなってる感じかな。ほんと、あの人はすごいわぁ」

「な、なるほど……」

話を逸らしたはずなのに、うっかりど真ん中に移動してしまったらしい。残る手段は撤退あるのみ。小乃実は空っぽのマグカップを手に給湯室を出ようとした。

「あ、待って！」

「えっ？」

振り返るとひとつに結んだ後ろ髪が軽く引っ張られる。この感覚はなにかが髪に引っかかっているものだ。手を遣るより先に目の前にペットボトルを差し出され、咄嗟に受け取ってしまった。

「髪がネックレスに絡まってる。動かないでね」

「すみません……」

玖美子が背後に回り、鎖に巻きついている髪を外そうとしてくれる。小乃実は邪魔をしないようにじっとしているが一向に終わる様子がなかった。

こんな状態になるのは初めてだ。もしかして、急にお泊まりを延長した影響？　過敏になるあまり遂にありえない妄想までしてしまう。

やっぱり慣れないことはするものではない。でも、千彰にあそこまで頼み込まれて拒否できる人はいるだろうか、と自分に言い訳をする。

「うーん。これ、一回外しちゃった方が早いかも」

「えっ……」

制止するより先に留め金が外され、鎖の片端が首を滑っていく。慌ててマグカップを持っている手で揺れるプレートをぎゅっと握りしめた。

内側の文字は小さいから読まれる心配はない。でも刻印に気付かれ、なにが彫られているのかを訊ねられたら一巻の終わりだ。廊下の片隅で妙な体勢を取る二人に、行き交う社員から好奇の視線が送られた。

「あれっ、どうしたんですかー？」

コンビニから戻ってきた瀬里が怪訝そうな顔で近付いてくる。小乃実の背後に玖美子がいるのに気付くと目を丸くした。

「ネックレスに髪が絡まっちゃって、白部さんが外してくれてるの」

「わ、それは厄介ですね」

「平気平気。もうちょっとで終わるよー」

時々髪が引っ張られて痛みが走る。でも、我慢できないほどではないし玖美子が頑張ってくれているので、小乃実は石像になりきるのに集中した。

「お待たせ。もう一回着けるね」

「ありがとうございます！」

再びしっかりと首輪が巻かれ、小乃実は安堵の息を吐いてからプレートを握る手を外す。振り返って玖美子に預かりものを返してからぺこりと頭を下げた。

「お手数をおかけしました」

「気にしないで。っていうかこれ、最近ずっと着けてるよね」

「あっ、実は私も気になっていました」

これまでネックレスはシンプルなデザインのものをローテーションしていた。それがある日を境にして毎日同じネックレスをしているのだから、気になるのも当然だろう。

不意打ちで喰《く》らった質問に誤魔化す余裕もなく、硬直した小乃実の頬がみるみるうちに赤くなっていった。

「なるほどなるほど……白部さん、そういうことみたいですよ」

「あらあら、宮薗さんと私の読みはばっちり当たったのね。気が合うわぁ」

「あのっ、え、っと…………」

急に意気投合した二人を前にして背中に冷たい汗が流れてくる。これで男性からプレゼントされたなどと言おうものなら、相手との関係どころか、どこの誰かまで根掘り葉掘り訊き出そうとしてくるに違いない。

それだけは勘弁して……！　ここは逃げるが勝ちだと覚悟を決めた矢先、小乃実の耳に意外なコメントが飛び込んできた。

「まぁでも、小乃実さんなら彼氏がいたっておかしくないですよね」

「同感。これだけ可愛くて気配り上手な子は滅多にいないもの」

「………えっ？」

なにやら話がおかしな方向へ進んでいる気がするのは小乃実だけらしい。二人はひとしきり小乃実を褒め称えると、そのままあっさり解散してしまった。

◇◆◇

玖美子から聞いていた通り、ここ最近の千彰は帰宅が深夜になる日が続いている。それでも小乃実へはこまめに連絡してくれるのが嬉しいと思いつつ、申し訳ない気持ちの方が勝るようになってきた。

千彰の負担になってしまうのは本意でない。だから思いきって仕事が落ち着くまでは週末の訪問を控えます、という内容のメッセージを送った。

寂しいけど、ここは小乃実が我慢する時だという決意のつもりだったのだが、メッセージに確認マークが付いた次の瞬間、電話が着信を報せた。

「も、もしもしっ」

『小乃実？』

急いで応答すると受話器から雑踏の音が聞こえてくる。それがバタンという音を境に途切れた。どうやら千彰は車に乗り込むところだったらしい。

「はい。遅くまでお仕事お疲れ様です」

『ありがとう。それで、あのメッセージはどういう意味かな？』

理由もちゃんと書いたはずなのに、どうして訊ねてくるのだろう。もしかしてあれだけでは不十分だったのかもしれない。

小乃実は気を取り直してもう一度最初から説明することにした。

「私がお部屋に行くと千彰さんの仕事の邪魔になってしまうので、その……しばらく週末に行くのを控えようかと思いまして」

実は先週末も千彰は忙しそうだった。しばしば書斎に籠もってオンラインミーティングや資料の確認をしていたので、その間はできるだけ音を立てないよう静かに過ごしていた。

ひと仕事を終えてリビングに戻ってくると、小乃実を抱きしめて「一人にしてごめん」と謝ってくれる。端整な顔に疲れを滲ませながらそう囁かれると、なぜか泣きたい気持ちでいっぱいになってしまった。

無理をするのはお互いのためにならない。小乃実なりに一生懸命説明したつもりだが、返ってきたのは重い沈黙だった。

『……………つまり小乃実は、俺に会わなくても平気だってことかな』

「違いますっ！」

お試しで夫婦になって以来、欠かさず週末を共に過ごしてきた。早くも小乃実の生活の一部になりつつあったものをやめるのだ。平気でなんかいられるはずがない。

「千彰さんに会えないのはすごく寂しいです。でも、私がいるせいで仕事が思うようにできていないのではな……」

『そんなことはないよ』

強い口調で遮られ、スマホを耳に当てていた小乃実はその声の低さにびくりと身を震わせる。これまでどんなに要領を得ない話をした時でも、千彰は最後まで辛抱強く耳を傾けてくれたのに。

そこまで気分を害するとは思わず言葉を失っていると、スマホから深い溜息が聞こえてきた。

『小乃実が待っていると思うから、集中して仕事も終わらせられるんだ』

思いがけない言葉に心臓がどくんと大きく鳴った。徐々にその音が全身へ響いていくのを感じながら、千彰の言葉に意識を集中させる。

『気を使わせているのはわかっている。でも、小乃実が傍にいてくれるだけで、俺はとても癒やされる……だから、そんな寂しいことを言わないでほしい』

低く、まるで怒っているようだった声が段々と切なさを帯びてきた。小乃実が帰ろうとするのを引き留めてきた時と同じ気配に胸が甘く締め付けられる。

嬉しくて、それ以上に照れくさくて、徐々に目の奥が熱くなってくる。すんと鼻を鳴らしてからおもむろに唇を開いた。

「ごめん、なさ……い。千彰さ、んが、そんなふうに、思っていてくれたなんて、ぜ、全然知りません、でした」

ずっと一方的に甘えていると思っていた。だから決して我儘を言わず、邪魔にならないように気をつけていた。だけど千彰もまた、小乃実と過ごす時間に癒やしを見出してくれていたのだ。

『本当は毎日一緒にいたいくらいなんだ。それを我慢しているのを忘れないで』

「…………はい」

静かな、そして言い聞かせるような千彰の声が全身に染み渡っていく。

喉を震わせながら辛うじて返事をした瞬間、ぽろりと涙が頬を滑り落ちた。

◇◆◇

デスクに置かれている電話が鳴ったのは、ちょうどその日の出荷依頼を送り終えた直後だった。データの送信が正常終了した、という表示を見てほっと息を吐いたのも束の間、姿勢を正して受話器を取る。

「はい、喬橋です」

発信元は個人の席ではなく会議室に設置されている電話機だった。小乃実の直属の上司にあたる課長が低い声で今すぐこちらへ来るようにと告げる。

なんだか嫌な予感がしたものの当然ながら拒否などできない。いつものように「すぐ伺います」と元気に返すとおもむろに立ち上がった。

「課長に呼ばれたから第二会議室に行ってくるね」

「はーい。っていうか、さっき釆澤さん、課長に呼ばれてどこかに行っちゃったんですけど、まさか同じ件ですかね？」

「どうかなぁ。行ってみないとわからないけど」

瀬里にはあえて明言を避けたが、さっきの電話で奈々美の声が後ろで微かに聞こえていた。内容までは聞き取れなかったものの、強い口調でなにかを主張しているようだった。

筆記用具を携えて向かった先には、小乃実が想像していたよりも不穏な状況が待ち受けていた。

「失礼いたします……」

第二会議室の二十名ほどが座れる空間にいたのはたったの五人。

小乃実を呼び出した張本人である課長、そしてやはり奈々美が口の字に置かれたテーブルの最も扉に近い場所に座っている。

左右のテーブルに分かれ、それぞれ課長の上司である部長と内部監査室の主任が厳しい表情をしていた。

そして――最も奥まった場所から見つめているのは、経営企画室の室長だった。

この面子が集まって一体なにを話し合っていたのだろう。まったく見当のつかない小乃実は課長に促され、最も下座にある椅子へと腰をかけた。

「急に呼び出して申し訳ない。どうしても喬橋さんに確認してもらいたい件があってね」

「はい、どのようなことでしょうか」

口火を切ったのは営業部の部長だった。世界各地の事業部を回っている彼とはほとんど話をしたことがないが、とても仕事に厳しい人だという印象がある。

重々しい口調で話し掛けられ、自然と背筋を正した。

「この見積書を作成した覚えがあるか、内容をよく見てから答えてほしい」

「…………わかりました」

差し出されたのは二枚の紙。端が少しよれているのを気にしながら手に取ると、左上には「見積書」という文字とアトラウアのロゴ、そして右上には約三ヶ月前の日付が印刷されている。

そして、作成者の欄には「喬橋」と書かれているので小乃実が作ったもので間違いないだろう。

顧客名も見覚えがある。具体的な時期まではははっきりしないが、奈々美からこのお客様向けに見積もりを作るよう命じられたのだけは憶えていた。

戸惑いながらも「間違いありません」と言いかけ――咄嗟にその言葉を喉奥に戻した。

見積書の作成者はログインしたユーザー名がそのまま反映される。だからこれを最初に作成したのは小乃実で間違いない。

だが、内容は自分ではない誰かによって書き換えられているのは間違いない。それをどう伝えればいいのだろう。小乃実は自分の名前の入った書類を見つめながら、必死で言葉を探していた。

「ちょっと、いつまで待たせる気？　大人しく認めなさいよ」

苛立った奈々美の声にびくりと身を震わせる。隣に座る課長は無言のまま困った顔でこちらを見ていた。

「喬橋さん、この見積書に問題があるのはわかりますか？」

内部監査室の主任が低く、不機嫌そうな口調で語り掛けてくる。小乃実は小さく頷いてから「はい」と答えた。

「製品を販売する際、割引率は最大で三十パーセントまでと決められています。ですが、これは合計するとそれ以上になっています」

「そうです。……実は経営企画室から利益率が極端に低い顧客があると問い合わせがあって、その原因について調べている真っ最中なのです」

内部監査室の主任から説明を受け、ようやく小乃実はこの会議室に集まった不思議な組み合わせの意味を理解した。

見積書で製品の割引を設定する場合、十パーセントまでは顧客ごとに許可・不許可を事前に設定をしておける。それを越えた割引をしたい場合には申請を出す必要があるのだ。

十五パーセントまでは課長、そしてそれ以上になると部長へ理由を添えて申請しない限り、見積書へ項目が入力できない設定になっていた。

ただし、実はこのシステムにはひとつだけ抜け穴がある。

「製品価格」にはしっかりとした制限がある。だが「工事費用」は不定事項が多いために割引率を自由に設定できるのだ。極端な話をすれば割引率を百パーセント、つまりは無料にすることも可能である。

これを使って見積もりそのものの合計金額を下げると、申請をしなくても割引ができる。

とはいえ、当然ながらルール違反になるので、万が一それが発覚すれば懲罰対象になるだろう。

小乃実もこの抜け穴の存在は知っていたし、違反行為なのも当然わかっている。もし営業の誰かに頼まれたとしても断っていただろう。

この見積もりも最初は正しい入力方法で、正規の価格が記載されていたはず。それを誰かが後から書き換えたと考えるのが妥当だろう。

そして、その「誰か」とは――。

「先ほどから申し上げています通り、たしかに私にも落ち度はあります。細かい確認をせずに先方にお渡ししてしまったので、その点についてはとても反省しています」

この見積書を印刷し、お客様に提出したのは奈々美だ。だけど作ったのは別の人間なので自分に責任はないと言いたいらしい。

「つまり、五百万円以上も誤差が出ていたにもかかわらず、釆澤さんは見落としてしまったということですか?」

これまで沈黙を貫いていた千彰が静かに問い掛けた。奈々美は大袈裟なほど眉尻を下げ、悲しげな顔を作る。そしてテーブルに置いた両手を胸の前で組み、祈るような姿勢を取った。

「はい。私は抱えている案件の数も多いですし、喬橋さんなら絶対に間違ったりしないだろうと信用していたのに、まさかこんなミスがあったなんて……残念です」

「……………え？」

奈々美の芝居がかった発言に耳を疑い、思わず小さな声を漏らしてしまった。

それが営業スタイルなのかもしれないが、奈々美は常に割引やなにかしらのサービスを約束した上で契約を取り付けてくる。システムの仕組みとしてできない、と説明しているにもかかわらず、無理な割引をするように迫られたことは一度や二度ではなかった。

きっと「システムの抜け穴」を誰かから教えられ、小乃実が作った見積書の内容を書き換えたのだろう。だがそれが露呈しそうになり、営業アシスタントのせいにして責任逃れするつもりなのだ。

「それで、これは喬橋さんが作った見積書で間違いありませんか？」

部長から問われ、小乃実は手元の紙へと再び視線を落とした。

これまでであれば、自分が入力を誤ったと謝罪していただろう。しっかり名前が入ってしまっているので弁明はできないし、忙しい人達を集めている場で余計な波風を立てて長引かせるのは申し訳ない。

自分が泥を被ることで穏便に収まるのであれば、それでも構わないと思っていた。

だけど――今は違う。

あれは二週間ほど前だっただろうか。千彰はいつも泣き疲れた小乃実を膝に乗せて休ませてくれる。その時に最近の出来事を話すのだが、つい先日、営業部で起こったトラブルについて伝えた。

入社二年目の営業が納品指示を取り違えてしまい、それぞれのお客様から大目玉を食らってしまった。激しく落ち込む姿を見て、間違いに気付かず入力した自分にも責任があったと千彰に告げるとすぐさま否定されたのだ。

「失敗からしか学べないものもある。社員が成長の機会を失うと、長期的に見ると会社の損失になることを忘れないでほしい」

小乃実が未然に防いでくれるのはとても助かるけど、とフォローをしてくれたが、そういう側面もあるのかと目から鱗《うろこ》が落ちた気分だった。

故意かどうかはさておき、このままミスをした「誰か」を庇《かば》い続けるのはその人のためにもならない。それに、アトラウアの損失にも繋がってしまうのだ。

小乃実は大きく息を吸ってから顔を上げ、真偽を訊ねてきた相手を見つめた。

「違います。私はこのような見積もりは作りません」

「はぁっ⁉　でも現に貴女の名前で作られているじゃない！」

きっと小乃実がミスを認め、謝罪することで幕を引けると睨んでいたのだろう。当てが外れた奈々美が急に声を荒らげた。

だけどもう引き返せない。小乃実は構わず説明を続ける。

「このお客様は経理処理の都合上、製品とそれに対応する工事の項目をまとめるようご指示

いただいています。ですが、この見積もりはまとめずに若い品番から順番に並んでいます」

「ふむ……たしかにそうなっているね」

「私が作成した他の見積もりと比べていただければ、違いがわかると思います」

いつものように笑って誤魔化さず、真剣な顔で主張する姿に奈々美と課長は驚きを隠せない様子だ。

誰が改ざんしたかなんてこの際どうでもいい。ただ小乃実は、自分が間違ったことをしてない点だけはどうしても譲れなかった。

「なっ……なによ。私がやったとでも言いたいの⁉　証拠もないのに適当なこと言わないでよ。いつもへらへらしているからこんなミスをするんでしょ‼」

容赦のない罵倒が笑顔という鎧《よろい》を脱いだ心をざっくりと切り裂く。頭の中心が痺れたようになり、目の奥が熱くなってくるのを感じて奥歯をきつく嚙みしめた。

経営企画室の室長は成り行きを静かに見守っている。泣いてはダメ。ここで涙を流したりすれば奈々美になにを言われるかわかったものではない。

それに――千彰の言いつけだけは絶対に守らなくては。

「失礼します」

ノックの後に扉が開き二人の人物が入室してきた。どちらの顔も見覚えがある。一人は情報システム部の課長、そしてもう一人は営業支援システムを担当している女性社員だ。

「先ほど、伊庭野室長から調査依頼を受けた件について報告にあがりました」

「そうですか。ありがとうございます」

手際よくパソコンとプロジェクターが繋がれ、皆が見える位置に置かれたスクリーンになにかの画面が映し出された。小さな文字でびっしりと埋め尽くされているので、ただ見ただけではなにを意味するものなのかまったくわからない。

「対象の見積もりは、作成してから出力されるまで一回だけ修正されています」

「修正したユーザーはわかりますか？」

千彰の問いにシステム部の課長が決まり悪そうな顔をした。雲行きが怪しくなったのを感じて思わずファイルを持つ手に力が籠もる。

「申し訳ありません。作成者の名前は反映されるのですが、更新者についてはログが残らない仕様になっています」

「なるほど。その点は監査に問題はないのですか？」

「いえ、指摘していたのですが、来年には新システムに移行するので改修を見送っていました」

思わぬ人物の登場に固唾《かたず》を呑んでいた奈々美がふんっと鼻を鳴らし、勝ち誇ったように小乃実を一瞥した。

弁明は無謀だったのだろうか。やっぱり私のミスでした、と言った方がよかったのかもしれないと早くも後悔する。

だが、彼らの説明はこれで終わらなかった。

「そこで、見積書が修正された日時のアクセスログを確認しました。この日の喬橋さんは……」

小乃実は仕事のほとんどをこのシステムでこなしているのだ。どこまで詳しい記録が取られているか知らないが、修正された時間にログインしていないはずがない。絶望的な気持ちになり、すっと頭から血の気が引いていくのを感じた。

「一回もシステムにログインしていません。パソコン自体の起動記録がなかったので、お休みされていたんじゃないでしょうか」

「…………そう、でしたっけ」

手元にある疑惑の見積書に再び目を落とす。ここ半年間は有給休暇を取っていない。

それなのにどうして……？

「あぁ、この日は健康診断とセミナーで終日外出していたようですね」

ノートパソコンを操作していた千彰が告げる。どうやら公開されているスケジュールを確認してくれたらしい。

そういえばそのあたりの時期だった！　突然濡れ衣を着せられたせいですっかり頭から抜けていたようだ。

オフィスにいない小乃実が見積もりを修正できるはずがない。一方、その日時に奈々美がログインしている記録が見つかり、ようやく希望の光が見えてきた。

「念のためにバックアップから修正前の見積もりをサルベージしてもらっています。これは時間を少々いただきますが……おそらく、喬橋さんが作ったものではないでしょう」

営業支援システムの担当者とはよく話をする。新しい機能を作ったので、リリース前に使ってレビューしてほしいと頼まれたこともあった。

「なにを根拠にしていますか？」

千彰の問いに彼女は小乃実を一瞥し、にこりと微笑んだ。

「この『抜け穴』を指摘してくれたのが、他ならぬ喬橋さんだからです。なにか対策はできないかと問い合わせてきてくれたお陰で、私達は不備に気付けたんです」

そんな連絡をしてくる人間が間違えるはずもないし、ましてや悪用するわけがない。彼女の意見に奈々美を除いた全員が納得の表情を浮かべていた。

物理的な証拠ではないけれど、疑いを晴らすには十分な材料になったらしい。

「……お二人とも、忙しいところ対応いただきありがとうございました。引き続きよろしくお願いします」

「承知いたしました」

「失礼します」

情報システム部の二人は更に調査を進めるべく退室する。

後でお礼にいこう、と決めた小乃実がなにげなく横を向くと、奈々美の横顔がどことなく蒼褪《あおざ》めているように見えた。

「采澤さん、過度な値引きはわが社のポリシーに反します。それを改めて肝に銘じてください」

「ほ、本当にわざとではありません！　印刷をした時、気付かないうちになにかボタンを触ってしまっただけだと思います」

ボタンを触った程度であそこまで変更できるはずがないのだが、奈々美は頑なに非を認めようとしない。

とはいえ、修正したユーザーが特定できない以上、追及は不可能なのは事実だった。

「もしシステムの操作に不安があるようでしたら、喬橋さんに教えていただいたほうがいいでしょう。彼女が操作を熟知しているのは毎月いただく報告書を見ればわかります」

「……承知、いたしました」

千彰のコメントは先日の意趣返しなのだろうか。痛烈な皮肉を食らった奈々美は悔しそうに唇を嚙みしめながら俯いてしまった。

「喬橋さん、ありがとう。仕事に戻っていいよ」

「はい……失礼します」

「次の予定がありますので、私もこれで」

「あぁ、室長にもお手間を取らせて申し訳ありませんでした」

全員が立ち上がり、会議室を後にする次期社長を見送っている。千彰が出てから退室しようと思っていたのだが、扉を開けて待たれてしまった。慌ててテーブルに置いてあったノートを掴み、ぺこりと一礼して第二会議室を後にした。

「お疲れ様、災難だったね」

人影はないが、どこで聞かれているかわかったものではない。千彰もそれをわかっているのだろう。適切な距離を保ったまま静まり返った廊下を進んだ。

「いえ……あの、情シスに調査をお願いしてくださってありがとうございました。本当に助かりました」

「当然のことです。裏付けに必要だと判断しただけですよ」

彼女達がいなければ、あの不当な見積もりを作ったのは小乃実ではないと証明できなかっただろう。

奈々美の勢いに押されることなく、あらゆる手段を用いて原因を究明する。あくまでも客観的に物事を捉え、多角的な解決方法を思いつく冷静さはさすがとしか言いようがなかった。

エレベーターホールにも人影はない。小乃実は下、そして千彰は上のボタンを押して到着を待つ。

どちらが先に来るだろうか。千彰と離れるのは寂しいけれど、緊張から解放されるのはちょっとだけほっとする。

どうやら千彰の方が先だったらしい。上へ向かうという予告のランプが点滅しているのを眺めていると、千彰がすっと身を屈めた。

「ちゃんと意見も言えて、泣くのも我慢できて偉かったね。週末にご褒美を用意してあるから……楽しみにしておいで」

耳元で囁いた唇がそのまま軽く押し付けられる。突然の事態に硬直する小乃実の前で扉が開き、先客のいる小さな箱へと千彰が乗り込んでいった。

「それじゃあ、お疲れ様でした」

「は、はいっ！」

半分裏返った声に千彰がふっと笑みを浮かべた瞬間、扉が静かに閉じられた。

◇◆◇

小乃実は慣れない振動と浮遊感に身を強張らせる。ずっと繋いだままの手に力が籠められたのに気付いたのだろう。隣に座る千彰が空いている方の手でそっと肩を抱き寄せてくれた。

「小乃実、もう少しの辛抱だよ」

優しく宥めるような声がヘッドフォン越しに響いてくる。だが小乃実に言葉を発する余裕はなく、しがみついたままこくこくと小さく頷くのが精一杯だった。

徐々に降下していると思いきや、軽く浮き上がる感覚の後にとん、と着陸する。もっと大きな衝撃が来ると身構えていた小乃実は拍子抜けしてしまった。

「予定通りに到着いたしました。間もなく扉が開きます」

穏やかな声でのアナウンスにようやくほっと身体の力を抜く。肩を抱いていた手が離れ、ヘッドフォンを外してくれた。

「ありがとう、ございます……」

「お疲れ様。よく頑張ったね」

千彰の声を生で聞くのは二時間ぶりだろうか。乱れた髪を整え、シートベルトを外していると外側から扉が開かれた。

吹き込んできた爽やかな風が汗ばんだ額を優しく撫でていく。先に地上へと降りた千彰が振り返り、こちらへ両手を差し伸べた。

「小乃実、おいで」

小乃実は座席から立ち上がると扉の方へと向かった。そのまま千彰に身を委ね、踏み台を使わずにふわりと着地する。

最初は不安でいっぱいだったが、思い返せばなかなか快適な空の旅だった。

見積もり騒動のあった週末、千彰から予告されていた「ご褒美」が実行された。折しも月曜日が祝日。三連休を伊庭野家の所有する別荘で過ごそう、という誘いを受けたのだ。

二人の週末は相変わらずマンションに籠もって過ごしている。気分転換も兼ねて千彰の運転でドライブにいくこともあるが、車を降りるのは休憩する時に限られている。どこかに立ち寄るでもなく、ただ車を走らせるだけだった。

千彰との「お試し婚」を始めて早くも三ヶ月が経った。さすがに二人きりで過ごしても緊張はしなくなったものの、やはり人目のある場所を連れ立って歩くのは躊躇する。

すらりと背が高く、整った顔立ちの千彰はどこに行っても注目の的になる。そんなスマートな彼に同伴者がいるとなれば、おのずと好奇の目に晒されてしまう。その眼差しが孕《はら》む驚きと侮蔑の色に、小乃実はまだ耐える自信がなかった。

伊庭野家の別荘は世界各地にあるが、今回は信州《しんしゅう》にある山荘に行くのだという。敷地が広い上に近隣に建物はなく、人目を気にすることなく過ごせると断言された。

千彰は小乃実の不安を汲《く》み取った上でプランを考えてくれたのだろう。驚きと嬉しさで思わずぽろりと涙を零した。

出発は土曜日の昼だと言われ、旅慣れしていない小乃実への配慮だと感謝した。だが、交通手段を確認しなかったのは迂闊だったとしか言いようがない。

マンションを出て車に乗り込んだ時は、てっきりこのまま高速道路へ向かうか新幹線にでも乗るのだと思った。そんな予想に反して、なぜか湾岸エリアへと向かっているではないか。

そして着いた先は――まさかのヘリポート。

状況を理解するより先に手を引かれて乗り込み、そのまま機上の人となった。

後に聞いたところでは、別荘のある場所は険しい山に囲まれているので、車での移動ではあまりにも時間がかかりすぎるらしい。だから悪天候でない限りはヘリコプターで行った方が格段に早いのだと説明された。

ちなみに小乃実は人生で一度しか飛行機に乗ったことがない。もう二度と乗る機会はないだろうと思っていたのに、その二度目は自家用ヘリコプターだなんて。

本当に人生とはわからないものだと少し遠い目をしていると、千彰が身を屈めて顔を覗き込んできた。

「ここは見晴らしがいいんだ。もう少し端に行ってみようか」

「はいっ」

差し出された手に自分のものを預け、綺麗に整備されたアスファルトの上を歩く。木製の柵が並んでいる場所まで向かうと、眼下には緑の山々が連なる景色が広がっていた。

「す、ごい……です」

山頂付近に雪を残している山々が穂高連峰《ほだかれんぽう》、そして左手の奥に見えるのが上高地《かみこうち》だと千彰が説明してくれる。果てしなく続く壮大な光景に圧倒され、小乃実の頬を透明な雫が滑り落ちていった。

「あっ……すみま、せん」

「気にしなくていいよ」

ハンカチを取り出すより先に千彰の指先が雫を拭ってくれる。このまま止まらなかったらどうしようと焦ったが、幸いすぐに乾いてくれた。

ヘリポートに戻り、二人の操縦士にお礼を伝えているときっちりとしたスーツ姿の壮年の男性が二人の前へとやって来る。

「千彰様、小乃実様、遠路はるばるようこそお越しくださいました」

「垣田《かきた》。久しぶり」

「はい、大変ご無沙汰しております」

執事を連想させる折り目正しい挨拶に、小乃実は慌ててぺこりと頭を下げた。

「あの、喬橋小乃実です。お世話になります」

小乃実としては至極普通の挨拶をしたつもりなのだが、男性は面食らったような表情を浮かべる。なにか失礼をしてしまっただろうか。不安になって千彰を見遣ると、いつものように柔らかく微笑んでいるだけだった。

「ご丁寧にありがとうございます。それでは、お車の方へどうぞ」

ヘリポートに横付けされたクリーム色の高級車を見ていると、ここが標高千メートルを超える場所だとはとても思えない。柔らかなシートに身体を預けて車窓を眺めているうちに、ふと疑問が湧いてきた。

「あの、所有地はどのあたりまでなんですか？」

ヘリポートから車で移動しなければならないのだから、相当な広さがあるのは想像できる。この山全部、と言われるかもしれないと密かに心構えをした。

千彰は淡い笑みを浮かべると周囲をぐるりと見回す。なにか目印を探しているのかと思いきや、返ってきたのは意外な答えだった。

「今見えているところは全部、かな」

「…………えっ？」

改めて周囲を見回してみたが、緑に覆われた山がいくつも連なっている。どれくらいの広さがあるのか皆目見当がつかない。ぽかんとしながら眺めていると、千彰がくすっと小さく笑った。

「もしかして……騙《だま》しました？」

いくら伊庭野家であっても、こんなにいくつも山を持っているなんてありえない。それに、本当に所有しているのであればなにかしら――例えば、リゾートホテルなんかを建てていてもおかしくないはず。

素直に信じるんじゃなかった！　じろりと睨み上げると遂に千彰が声を立てて笑いはじめ

た。

「まさか。俺は嘘をついたりしないよ」

「本当ですか?」

小乃実が警戒を強めると、千彰が車を運転する垣田と呼ばれた男性へ同じことを問い掛ける。

「千彰様がおっしゃいました通り、ここから見えます一帯がすべて、伊庭野家の所有する土地でございます」

山荘には所有地を示した地図がある、との説明を受けてようやく小乃実は疑いを解いたが、垣田の声がやけに得意げに聞こえたのは気のせいだろうか。

「これで納得した?」

「はい……すみません。でも、それならどうして千彰さんは笑ったんですか?」

なにも面白いことなどない状況で笑うなんておかしい。小乃実の問いに千彰は目を細め、指先で少し尖った唇をつついてきた。

「もちろん、驚いた小乃実が可愛かったからだよ」

「かわ……っ!」

二人きりの時ならともかく、他の人がいるところで惚気《のろけ》るなんて!

みるみるうちに頬を染める小乃実を眺め、千彰は蕩けんばかりの甘い笑みを浮かべた。

これ以上は余計なことを言わないようにしよう。小乃実が押し黙ってから五分が経ち、ようやく建物が見えてくる。山奥の別荘と言われ、せいぜいこぢんまりとした一軒家くらいだろうと想像していたのだが、徐々に近付くにつれてその大きさに圧倒された。

木造の二階建て、屋根が斜めに大きく取られているのは雪対策だろうか。高さは出さずに横に広いこの建物は、別荘というよりもはや立派な旅館の様相を呈していた。

「千彰様、小乃実様、お待ちしておりました」

玄関の大きな引き戸を開けると、左右に分かれて十人ほどが待ち構えていた。千彰は慣れているのか平然としている。だが小乃実は盛大な出迎えに怖気づき、頭を下げるのが精一杯だった。

「悪いが、なにか軽食を用意してもらえるか」

千彰は真っ白なコックコートを着た男性に話しかける。彼は待ってましたと言わんばかりに微笑んだ。

「それでは、クリームティーなどいかがでしょうか」

「小乃実はたしか、スコーンは好きだったよね？」

「は、はいっ！」

思わず職場にいる時のような返事をしてしまい、慌てて口を噤む。恥ずかしさのあまり軽く俯き、千彰があれこれと指示を出しているのを静かに聞いていた。

案内された部屋は二階の奥にある客間だった。大きな畳ベッドが二つ並んでいる寝室の他にソファーセットが置かれたリビング、そして総檜造り《そうひのきづく》の内風呂が備え付けられている。単なる別荘にこれほど立派な設備が揃っているとは、さすが伊庭野家……と感心しながら部屋の中を見て回った。

「わ、お風呂は天井がガラス張りなんですね。すごい……」

「天窓は開けられるから、ちょっとした露天風呂気分が味わえるようになっているんだ」

聞けば別荘には天然温泉が引かれており、一階の奥には大きな露天風呂があるらしい。入るかと訊かれ、小乃実はここで十分だと返した。

「失礼いたします。軽食をお持ちいたしました」

玄関で顔を合わせた中で最年長と思しき女性がワゴンを押してきた。千彰に手を引かれソファーに座ると、その前にてきぱきと軽食の用意が整えられていく。

白地に藍色《あいいろ》で植物が描かれた丸皿にスコーンが二つ。そして同じ模様の長方形のお皿には小さなガラスの器が三つ並んでいた。

「左手から葡萄《ぶどう》ジャム、杏《あんず》ジャム、クロテッドクリームでございます」

ジャムもクリームも自家製だと言い添えられる。小麦粉とバターの香ばしい香りに食欲が刺激され、急にお腹が空いてきた。

「小乃実様、紅茶にはミルクをお入れしてよろしいですか?」

「はい、お願いします」

慣れた手付きで紅茶がサーブされていく。その様子を思わずじっと見つめていると女性がほんのり口元を綻ばせた。

「お待たせいたしました、砂糖はこちらをお使いください」

「ありがとうございます」

女性は隣に座る千彰の分を用意し、一礼して去っていった。

「冷めないうちに食べようか」

「はい、いただきます」

スコーンは焼きたてらしく、なんとか触れるギリギリの熱さだった。上下を持ってぱくりと二つに割ると、美味しそうな匂いと共に湯気が立ち上る。右手に持っているものを皿に戻し、まずはクロテッドクリームを縁にこんもりとのせた。

「うーん、ジャムはどっちにしようかな……」

もちろん両方とも試してみるのだが、どちらを先にするかで真剣に悩んでしまう。しばし見比べてから、結局は端からいこうと葡萄ジャムをのせた。

さくりと音を立てて頬張ると、口の中でスコーンがほろほろと解けていく。そこにクリームの濃厚さとジャムの甘酸っぱさが混じり合っていった。これは美味しい……！　静かに感激しながらもぐもぐと咀嚼する小乃実を、ティーカップを手にした千彰が見つめている。だが、美味しさに感動しきりの小乃実は気付くはずもない。

次は杏ジャム！　と静かに意気込んでバターナイフを手に取った。

お皿にのった二つのスコーンをしっかり食べ、更に千彰から勧められてもう半分を平らげる。ソファーの背に身を預けると、満腹なのも相まって急激に眠気が襲いかかってきた。

「小乃実、眠るならこっちにおいで」

「は、い……」

促されるままに身を起こし、隣にある膝へとよじ上る。横向きの定位置につくと千彰の胸に頭を預けた。

「慣れない移動で疲れたね。ゆっくり休んで」

優しい手付きで頭を撫でられているうちに、小乃実の意識は深い闇へと沈んでいった。

——それからどれくらい経ったのだろう。

瞼や頬に温もりを感じて目を開けると、部屋の様子が変わっている。小乃実は朱色に染まった空間をぼんやりと眺めていた。

「…………ん」

小さな呻きにはっと我に返り、自分が眠っていた場所をようやく思い出す。慌てて見上げると、そこには静かに眠る綺麗な顔があった。

小乃実が泣き疲れた時、いつも膝の上で休ませてもらっていた。だけど千彰まで眠ってしまうのは珍しい。やはり忙しいのに無理をしていたのかもしれない。

下りた方がいいだろうかと思っているうちに、伏せられた長い睫毛がぴくりと揺れた。

「……おはよう」

「すみません、起こしてしまいましたか……？」

千彰は乱れた前髪をかき上げると気怠げな笑みを浮かべる。睦み合いの後を思い起こさせるような表情を目の当たりにして、急に体温が上がった。

「いや、少しうとうとしていただけだよ……あぁ、夕陽が見事だね」

小乃実を抱いたまま立ち上がってバルコニーへと向かう。ガラスの扉を開けるとひやりとした風が頬をくすぐる。燃え上がった炎によく似た色をした太陽が山の向こう側へと沈んでいく。真っ黒な山影とのコントラストの強烈さにしばし言葉を失った。

「綺麗ですね……テレビで観るのとは、全然違います」

ここに来た時よりも水分を含んだ空気に、緑の匂いがより濃密に感じられる。山の夕暮れがこんなにも色鮮やかで、それなのに寂しい気持ちになるなんて知らなかった。

胸がぎゅうっと締め付けられ、はらはらと涙が零れてくる。頬を伝う雫を山肌を撫で下ろす風が攫っていった。

「そろそろ冷えてきたね。部屋に戻ろう」

「はい……」

背中を撫でてくれる温もりが心地いい。ソファーに戻り、ポケットから出したハンカチで涙を拭っていると、静かな山荘に夜の帳《とばり》が下りた。

「夕食は食べられそう?」

「はい。……あっ、でも、そんなにたくさんは、ちょっと……」

大きなスコーンを食べてすぐに寝てしまった。その間に消化したようだが、これでしっかりご飯を食べたら確実に太るだろう。せっせと準備をしているであろう料理人さんに申し訳ないと思いつつお願いすると、千彰はわかったと微笑んだ。

内線電話で夕食のリクエストを伝えた直後、千彰のスマホが着信を報せる。その場で話を始めたが、小乃実は化粧を直しておこうと洗面台へと向かった。

幸い、マスカラもファンデーションもそんなに落ちていない。ちょっとだけ手直しをしてパウダーを乗せるだけですぐ元通りになった。ついでに髪を整えてリビングに戻ると、ちょうど千彰が通話を終えたところらしい。スマホを耳から離すと終話ボタンをタップし、小乃実へにこりと微笑みかけた。

「そろそろ行こうか」

「はいっ」

「あぁ、もしかすると垣田が待ち構えているかもしれないな。あれはここの由来を説明するのが得意なんだ」

千彰も幼い頃、彼からこの山荘の由来について教わったことがあるらしい。来客があるとここぞとばかりに張りきり、例の地図を使って説明するのだと言われ、小乃実は思わず目を丸くした。

「い、意外と情熱的な方なのですね……」

「垣田はこの地域の出身でね、伊庭野《うちの》家には恩義があるといって長年勤めてくれているんだ」

どんな恩義なのだろう。疑問が顔に出ていたのか、千彰は悪戯っぽく微笑むと「すぐにわかるよ」と告げた。

そして千彰の予言は見事に的中する。

微笑みながら階段のすぐ下で待ち構えていた山荘の管理人は、たっぷり一時間をかけて伊庭野家がこの一帯の土地を買い上げた経緯について語ってくれた。

小乃実は喉の渇きを感じ、のそりと身を起こした。

全身に纏わりついた倦怠感には覚えがある。だが、いつもの寝室ではない気配がする。暗闇に目が慣れて周囲の輪郭がはっきりしてくると、ようやく思い出した。

「あ……そうだった」

ここは伊庭野家の別荘。軽めにしてもらった夕食から戻り、千彰と一緒に自家製の果実酒を楽しんでからベッドに運ばれた。散々啼《な》かされた記憶が不意に蘇り、頬が熱くなってくる。

隣に千彰の姿はなく、もうひとつのベッドは綺麗に整えられたまま。手を伸ばしてベッドサイドのルームランプを点けてから静かに板張りの床へと足を下ろした。

すぐ傍のカウチの背にロングシャツがかけられている。下着は……残念ながら見つからない。小乃実は捜索を諦めてシャツを頭から被り、リビングへと続く扉をそっと開いた。

薄く開いて隣室の様子を窺う。千彰はソファーでノートパソコンを開き、真剣な表情でモニターを見つめていた。

今は話し掛けない方がいいだろう。そういえば寝室にも小さな冷蔵庫があったはず。小乃実が開けた時と同じく静かに閉じようとした瞬間、ぱちりと目が合った。

「あぁ、起きたんだね」

邪魔をしてしまった！　だけどスキッパーシャツにスウェット姿の千彰はふわりと微笑んだ。

「小乃実、おいで」

左手でノートパソコンを閉じると同時に右手をこちらへと差し伸べてくる。少し躊躇ってからそろりと扉の隙間を抜け、千彰のもとに向かった。差し出された手に自分のものを重ねると優しく引かれ、隣に腰を下ろすように促される。

「あの、お仕事の邪魔をして……ごめんなさい」

喉が渇いただけなのであればわざわざ扉を開けなくてもよかった。そうすれば千彰はもっと仕事に集中できたはずなのに。千彰はしょんぼりと肩を落とした小乃実の髪を撫でると頭頂にキスを落とした。

「資料を確認していただけだよ。大したことじゃない」

「でもやっぱり、千彰さんは忙しいんですよね。それなのにわざわざ旅行に連れてきていただいて、なんだか申し訳ないです」

ご褒美だと言っていたけど、仕事場で涙を我慢したくらいで普通は褒められたりしない。千彰に要らぬ負担をかけてしまった。自己嫌悪に陥り、膝に乗せた手がきゅっとロングシャツを摑む。

「近いうちに小乃実を連れてくるつもりだったんだ。この三連休は誰も使わないと聞いたから、貸し切るにはちょうどいいと思ってね」

「他のご家族もよく利用されるんですか？」

「そうだね。ゆっくり過ごすのに最適なんだ。もちろん誰かを呼ぶ場合は報告する必要があるけど」

「えっ……それじゃあ、私のことも？」

「もちろん」

ということは、千彰がこの連休を小乃実と一緒に過ごしているのを伊庭野家では認識しているはず。それを千彰の両親が知ってどう思っているのか、急に心配になってきた。

にわかに焦りはじめた小乃実とは対照的に、千彰はなにが問題なのかわかっていないのか不思議そうにしている。

「あの、それは大丈夫なんでしょうか?」

「いずれは俺と結婚するんだから、なにも問題ないよ」

「けっ…………!」

これまで散々「夫婦」だの「奥さん」だのと言われてきたけど、それは二人だけの閉じた世界での役割のように思っていた。お芝居めいた関係が、ここを訪れ伊庭野家に仕える面々に認識されたことで急激に現実味を帯びた気がする。

本当にこのまま千彰と結婚するのだろうか。未だに実感が湧いてこない小乃実は言葉を失った。

「さて、そろそろお風呂に入ろうか……『奥さん』」

千彰はわざとらしく耳元で囁き、上機嫌で硬直した身体を抱き上げた。

いくら内風呂とはいえ、そこはやはり伊庭野家の別荘である。余裕で十人は入れそうな浴槽だけでなく壁や天井に至るまですべて檜で造られていた。源泉かけ流しの湯が絶え間なく流れ込み、温泉と檜の香りが混じり合った湯気が全開にされた天窓を抜けていく。

湯気越しに見える満天の星空をぼんやり眺めていると、不意に頬へと唇が押し当てられた。

「あっ……すみません。つい見惚れてしまいました」

「謝らなくていいよ。熱心に星を見ている小乃実が可愛かっただけ」

さらりと甘い言葉を囁かれるのはいつものことなのに、まだ先ほどの衝撃が残っているせいで動揺してしまう。湯に浸かって上気している頬が更に熱くなったのを感じて、唇をきゅっと引き結んだ。

「しかしここの星空は、俺が小さい頃からまったく変わっていないな……」

千彰の呟きにつられるようにして再び天窓を見上げた。二人の視線の先では仕事帰りに眺める煙った黒ではなく、吸い込まれそうなほどの漆黒をバックに星々が鋭い光を放っている。

昔を懐かしむような口調に、夕食の前に垣田から聞いた話が不意に蘇ってきた。

「きっとこれが、千彰さんのひいお祖父様が守りたかったものなんですね」

この周辺の土地を買ったのは、千彰の曽祖父だった。農機具を作る会社を興した伊庭野彰《しょう》蔵《ぞう》は登山愛好家で、この周辺の山々をとても気に入っていたらしい。

そんな中、とある財閥系の建設会社があたりの山をまとめて買い上げ、一大避暑地として開発するという話が持ち上がった。

木々を伐採すれば生態系が乱されるだけでなく、水や空気が汚れてしまう。自然を愛する彼はなんとかそれを阻止するべく、私財を投じて件の財閥よりも高い金額でこのあたりの土地を買ったのだ。

当初は地域が栄える邪魔をしたと責められることもあった。だが、別の地域へとターゲットを変えた財閥が強引な開発を進めた影響で土砂崩れが頻発し、いくつもの水源が失われたという事実が露呈すると、一転して感謝されるようになったそうだ。

垣田の実家は果物栽培が盛んな集落にあり、豊かな土壌と綺麗な水が守られていなければとうの昔に立ち行かなくなっていただろうと語っていた。

しかも代々の当主は彰蔵の遺志を継ぎ、山々には必要に応じて整備の手を入れるだけ。生態系に影響を与えるようなことは一切していないそうだ。

ちなみにこの別荘は彰蔵が山歩きの途中に休憩する場所として、小さな山小屋を手作りしたのが始まりらしい。

それが徐々に規模が大きくなり、今では災害救助やドクターヘリの待機所として、ヘリポートとそのすぐ傍にある専用のロッジを提供して地域に貢献している。

そんな垣田の熱の籠もった語りに相槌を打ちながら、ようやく「恩義」の意味を理解した。

「ここの居心地はどう?」

「空気も綺麗だし景色も本当に見事で、すごく感動してしまいました」

唐突かつ久しぶりの旅行で戸惑ってばかりだったが、今は来てよかったと素直に思える。

それはひとえに千彰が人目を気にしなくていい環境を選んでくれたお陰だ。

ありがとうございます、と心を籠めて告げると、見上げた先にある美貌へ甘い笑みが浮かぶ。思わず見惚れていると腰に腕が巻きつき、湯の中でふわりと身体が浮き上がった。

「千彰、さっ……んんっ」

向かい合わせに座らされるなり唇を塞がれた。いつになく強引な仕草に驚き、軽く身を引いたもののすぐさま引き戻される。激しく執拗な口付けに段々と呼吸が乱れ、その音が湯の流れと絡み合っていった。

「やっ、そこ……はっ、痕が、のこ……っ、ひゃあっ！」

温泉に入る前、変色する危険があるからと千彰の手によって首輪が外された。今はなにも巻きついていない首筋に強く吸い付かれ、小乃実は身を震わせる。

「大丈夫、火曜日には消えるよ」

「でもっ……ここの人に見られ、ちゃ……あ、んっ」

最初に吸い付いた場所の隣にもうひとつ淫靡な痕を刻み、千彰の唇はゆっくりと滑り落ちていく。そしていつものように鎖骨を甘噛みしてからふるふると揺れる膨らみへと舌を這わせた。

「こんなに赤くなって……齧《かじ》りつきたくなるな」

「ちあっ、き……さんっ……！　それはダメでっ……んぁっ！」

予告通り歯を立てられた瞬間、ばしゃんと派手な水音が響く。どんなに身を捩ってもしっかり腰を摑まれているので逃れられない。小さな痛みと快楽を同時に注がれ、堪らず小乃実は目の前にあるものへと縋りついた。

「はぁ……本当に可愛い。可愛すぎて堪らないな」

千彰の頭を抱きしめているので、身悶えるたびに自ら差し出す形になっている。甘嚙みの合間の呟きは、刺激を耐えるのに精一杯の小乃実には届いていなかった。

いつも以上に激しく反応してしまうのは数時間前に高められた名残があるからだろうか。

ぽろぽろと涙を流しながら喘《あえ》ぐ小乃実をうっとりとした眼差しで見上げた千彰は、手を腰から撫で下ろした。

「んんっ………ぁ、は、あっ……ま、って……くだ、や、ああっ……！」

前に移動してきた手がぷっくりと膨れた陰核を撫でる。腰を震わせながらも千彰にしがみついていると急に視点が高くなった。

千彰は立ち上がるなり身体を反転させ、抱えていた小乃実に浴槽の縁を摑ませる。前屈みでお尻を突き出す姿勢にされ、戸惑っているうちに後ろから腰をぐっと引き寄せられた。

「脚を閉じて」

「はっ、い……」

命じられるがまま内腿に力を入れると、その隙間に硬いものが捻じ込まれた。先端の張り出した部分で膨れた敏感な粒を引っ搔かれ、小乃実は堪らず背中を波打たせる。その反応

に気をよくしたのか、千彰はゆるゆると太腿の間で肉茎を行き来させはじめた。

「千彰さんっ……これ、はずか……っしい、です……ん、んっ……」

「それなら、このまま挿れてしまってもいい？」

太腿の間を出入りしているモノはなにも着けていない。

だからもし、それを許してしまったら――。

小乃実が咄嗟に首を左右に振ると「残念」と呟いた唇が耳朶をぱくりと食んだ。

「あぁ、滑りがよくなってきたね」

「い、言わないで……くだっ、さ……い。んんん……っ」

入口を擽《くすぐ》られているだけなのに、蜜がどんどん溢れてくる。千彰は小刻みに腰を揺らし、笠《かさ》の部分で何度も陰核を執拗に攻めはじめた。高められていくうちに段々と意識が遠のき、腕に力が入らなくなってくる。

「あっ、千彰さっ……も、だっ、め……ああああ――ッッ!!」

がくがくと腰を揺らしながら小乃実が昇り詰める。それでもなんとか姿勢を保とうときつく閉じた太腿の間で、穿《うが》たれた肉楔が大きく脈を打った。迸《ほとばし》った飛沫《しぶき》が小乃実のお腹に噴きかけられる。ぼんやりしながらもその熱さに驚いていると、頭上からはぁ……と息を吐く音が降ってきた。

「小乃実、座って」

うまく動かない身体を支えられて浴槽の端に腰かける。千彰が手でお湯を掬い、お腹に散った白濁を綺麗に流してくれる。絶頂の余韻から抜けきらないまま抱えられ、浴室を後にした。

ふわふわのバスタオルで水気を拭われ、バスローブを着せてもらってから再び寝室へと運ばれた。

「……あ、れ？」

向かって左のベッドで小乃実は目覚めたはず。なのに今はどちらも綺麗に整えられているではないか。この短い時間で元通りにするとはさすがだと感心してしまう。

今度は右手のベッドへぽすんと着地した。見上げた先から迫ってきた形のいい唇を目を閉じて受け止める。

「んっ……ふ、ぁ………っ」

口内を舐められただけで腰がぞくぞくと震えてくる。思わず膝を擦り合わせると千彰が艶を帯びた笑みを見せた。

「小乃実、どうしたの？」

「なっ、んでもあり、ません……」

「本当に？」

お風呂で十分なほど愛でられ、ちゃんと達した。なのにどうして、こんなにもお腹の奥が切ないのだろう。そんな葛藤と戸惑いを見透かしたかのようにバスローブの裾から侵入した手が太腿を撫で上げた。

千彰は小乃実を見つめたまま内腿をやわやわと揉みしだく。徐々に乱れてくる呼吸も逃がさないと言わんばかりにちゅっと口付けられた。

——足りない。

それをどうやって伝えたらいいかわからず、小乃実は必死で千彰を見上げる。しかし千彰は笑みを深めるだけでなにも言ってはくれなかった。

「千彰、さん……」

ようやく絞り出した声は微かに震えている。千彰は相変わらず無言のまま小首を傾げるだけ。ゆるりと細められた目が濡れた前髪の合間から覗いていた。

太腿を撫でていた指が脚の付け根をなぞっていく。触ってほしい場所を避けるような手付きにじわじわと涙がこみ上げてきた。

「どうしてほしいのか、ちゃんと言ってごらん」

「えっ……」

「教えてくれたら……叶えてあげる」

千彰は約束を守ってくれる人だから、ただ望みを口にするだけでいい。

頭ではちゃんとわかっている。だけど羞恥心が唇にそれを乗せることを許してはくれなかった。

「なにも言えないならずっとこのままだよ。それでもいい？」

「やっ……！　いや、です……」

こんな生殺しのような状態が続いたら頭がおかしくなる。いやいやと頭を振ると目尻に溜まっていた涙が散った。

千彰の手は今よりも高めることなく、そして逆に静まりもしない程度の刺激を与えてくる。じわじわと目の縁に涙が溜まってくるのを感じて唇を薄く開いた。

「いれ、て……くだ、さいっ」

決死の思いで望みを言葉に乗せる。全身が羞恥に支配された瞬間、ぽろぽろと涙が零れてきた。

これでようやく伝えられたと安堵したのは小乃実だけだったらしい。千彰は唇を震わせて懇願する姿をしばし眺めると、困ったように眉を下げた。

「どこになにを、挿れてほしいのかがわからないな」

「それ、は……」

そこまで言わないといけないのかと絶望的な気持ちになる。ひくりと喉を鳴らすと目尻に唇が押し当てられた。

「口で言えないなら、挿れてほしい場所を見せてごらん」

れる。

「うぅ……」

言葉で伝えるのと態度で示すのではどちらがマシだろうか。頭の中でゆらゆらと天秤《てんびん》が揺れる。

葛藤の後にようやく結論を出し、小乃実は緩慢な仕草で両膝を立てた。きゅっと唇を噛みしめ全身を震わせながら膝を開く。バスローブの裾がはだけて太腿が露わになった。

「ここ、です……」

ぐっしょりと濡れそぼった場所を千彰に覗き込まれ、熱い眼差しに炙られた場所がひくりと蠢く。その拍子に新たな潤みが生まれ、とろとろと溢れ出してきた。

「それで……小乃実はここに、なにを挿れてほしいのかな」

肩を優しく押され、小乃実の身体がベッドに沈む。その上に覆い被さってきた千彰がバスローブを肩から落とした。いつの間に準備を整えていたのだろう。蜜口に熱くて硬い塊が押し当てられていた。

あとはたった一言だけ。それさえ口に出せれば望みが叶うのだ。静かに泣きながら言いかけてはやめるのを繰り返していると、入口を肉茎の先端で軽く押し拓かれた。

「あっ……んんっ」

「ほら、小乃実。言いなさい」

このまま来てくれるはずのものがあっけなく抜かれ、物足りなさに喪失感が上乗せされる。

ほしい、だけど恥ずかしい。でもこのままではおかしくなってしまう。様々な感情が頭の中を錯綜《さくそう》し、大粒の涙が零れはじめた。

「千彰さん、を……くだ、さいっ！」

半ば叫ぶように告げると端整な顔が驚きに彩られる。大きく見開かれた目が徐々に潤んでいくのを眺めていると、なんの前触れもなく凄まじい衝撃が全身を駆け巡った。

「きゃっ…………あ、あああぁ――――ッッ!!」

一気に最奥まで侵入されて息が止まる。そのまま高みに突き上げられた小乃実は真っ白な世界へと放り込まれた。不規則に痙攣する身体はしっかりと抱きしめられ、小乃実はしばし放心状態になった。

「ただ挿れただけなのにイッてしまったね」

「んっ……ごめんな、さい」

未だにぽろぽろと涙が零れ、止まる気配がない。小乃実が謝罪の言葉を口にすると瞼に優しいキスが降ってきた。

「こんなに泣きながら……はぁ、本当に可愛い」

「あ、千彰さん……待って……くださ、いっ、あんっ！」

さっきよりも内側を広げる質量が増したのは気のせいではない。達したばかりの肉筒に更なる刺激を与えられ、小乃実はびくんと身を震わせた。

抜ける寸前まで腰を引き、そのままずるずると奥まで咥えさせられる。穏やかな、だけど絶え間なく肉襞を擦られるせいで、再び小乃実は高められていった。

数時間前にも散々喘がされたばかりで体力はほとんど残っていない。抵抗できない代わりに逞しい胸元に縋りつくと、頭上でごくりと喉を鳴らす音が聞こえた気がした。

「小乃実……ほら、もう一度イッてみせて」

乱れる呼吸を絡ませ合うような口付けと容赦のない律動に、瞼の裏でいくつもの閃光が弾けては消えていく。限界の訪れを悟り、小乃実は思わず背に回した手に力を籠めた。

「んっ…………ぁ、ふ…………っ、んんんんん────ッ!!」

くぐもった喘ぎは余すところなく吸い取られ、肉壺がめいっぱい収縮する。それと同時に千彰の身体が揺れてお腹の奥にじんわりとした熱が拡がっていった。

限界をとうの昔に越えていた小乃実は、身体が徐々に深い場所へ沈んでいく感覚に身を委ねる。

完全に眠りへと落ちるまで、ずっと心地いい温もりに包まれていた。

◇◆◇

最終日の早朝、二人の姿は山道にあった。

小乃実は朝の山を体験したことがない。だから、天気がよければ散歩にいこうという提案に一も二もなく了承した。

だが、散歩といっても目的地があるらしい。そこは少し遠いからと、ゴルフ場などでよく見かける屋根付きカートで別荘の更に上へと向かっていた。

「小乃実、寒くない？」

「大丈夫です」

日中は汗ばむほどの陽気だが、やはり山の朝は冷える。使用人から千彰と色違いのマウンテンパーカーを渡された時は大袈裟ではないかと思ったが、これがなかったらとても寒さに耐えられなかっただろう。

カートは木の板で舗装されている道をどんどん登っていく。目的地は教えてもらっていないが、きっと千彰のことだからなにかお楽しみを用意しているはず。少し緊張しながら朝靄の漂う山道を進んでいった。

「ここからは少し歩いて、階段を上るよ」

「わかりました」

カートをUターンさせて山道の端に停め、手を繋いで細い脇道へと向かう。どうやらここから散歩がはじまるらしい。視界がクリアになってきたので周囲を眺めながら歩みを進めた。

「そろそろ見えてきたよ……ほら」

五分ほど歩いた先には石造りの階段があった。残り僅かというところで千彰が指で進む方向を示す。足元にばかり気を取られていた小乃実がそちらを見遣り、眼下の情景に目を瞠った。

目的地は元の地形を利用した物見台だという。腰のあたりまで高さがある柵に囲まれた場所に辿《たど》り着くと、小乃実はふらふらと誘われるかのように端へと進んだ。

「これって……雲海《うんかい》、でしたっけ？」

「そうだよ。さすが小乃実は物知りだね」

昨日の日中、散歩に出た時は、緑の山々ははっきり見えていた。それが今は山体のほとんどが雲に隠れている。ほんのり青みがかった白いふわふわの物体から頭だけを見せる姿は美しくもあり、どこか可愛らしいと思えた。

「昨日の夜は雨で、今朝は晴れて風もない。雲海が見られる条件が揃ったので来てみたんだ」

昨日の二人は昼近くまでベッドの上で過ごしていた。そこから起き出して散歩に出た時はとてもいい天気だったのに、日が暮れる頃には空がすっかり雲に覆われていた。

夜はテラスで焚火《たきび》を囲み、星空を眺めるのを楽しみにしていたのでがっかりしたが、こんな見事な光景が見られたのだから悪くない。

「そうだったんですね。すごく綺麗で、面白いです！」

世界各地の自然を紹介する番組などでは見たことがあるが、どうやらそう簡単にお目にかかれるものではなかったらしい。思わず柵から身を乗り出しそうになると、後ろからやんわりと引き戻された。

「小乃実、残念だけど雲には乗れないよ」

「……知っています」

いくらドラマや映画を観まくっているからといって、そこまで現実離れはしていない。思わずむうっと膨れると頬に柔らかなものがちょんと触れた。

いくら誰も見ていないとはいえ、外でキスされるのはいつも以上にドキドキしてしまう。ほんのり紅潮した頬を冷たい風が撫でていった。

「そういえば、今日は泣いていないね」

「あ……」

千彰からの指摘にはっと息を呑んでから慌てて頬に手を遣る。たしかに朝靄に触れてしっとりとしているものの、涙の痕跡はない。

ヘリコプターから降りた直後の景色も、微睡《まどろみ》から目覚め、バルコニーから眺めた夕陽も美しかった。だけどまさに今、目の前にある景色が最も小乃実の胸へと強烈に焼きついている。

あの時は知らず知らずのうちに涙が頬を伝っていたというのに、どうして今に限って涙が出ないのだろう。

思い返してみれば——そもそも最近、涙が出る頻度が減っている気がしていた。目覚めた時頭痛がしなくなったと気付いたのはひと月ほど前だと記憶している。その時はたまたまだと思った。だがその「たまたま」は翌週も、更にその次の週も続いた。

それと同時に瞼の腫れも格段に軽くなっているが、問題なく過ごせているので泣き足りていないわけではない。

これまで一時的に悪化することはあっても軽くなったことはないはず。

心当たりはない。だが、見積もりの一件があってから、仕事に対する姿勢が少し変わったのは自覚している。これまでは誰かがミスするとこっそり直していたが、その都度ちゃんと本人に伝えるようにしたのだ。

そうすることで全体的にミスも減り、小乃実の負担も格段に軽くなっている。それはひとえに千彰からの厳しくも優しいアドバイスがあったからに他ならない。

ずっと誰かに嫌われるのが怖くて、指摘するのをできるだけ避けてきた。その勇気が出せるようになったのは、ありのままの小乃実を受け入れてくれる存在ができたからに違いない。

他に変化はあっただろうか。心当たりを記憶から探していると、背後にいる千彰が耳元に唇を寄せてきた。

「もしかして……俺が昨日、泣かせすぎたせいかもしれないね」

「えっ……」

想像していなかった指摘に言葉を失う。腰を抱いていた手が思わせぶりに腹を撫で、小乃実はきゅっと唇を噛みしめた。

たしかに昨晩の千彰はいつも以上に執拗だった。東京に戻りたくない、もっとここで小乃実とゆっくり過ごしたいと零すのを慰めていたら、気が付けばあれこれと千彰の望むがままにされてしまった。

爽やかな朝にはおおよそ似つかわしくない記憶に大急ぎで蓋をして、小乃実は別の話題を振ってみた。

「あの……千彰さんも、ひいお祖父様の想いを継ぐつもりですか？」

かつて観たドキュメンタリー映画で得た知識によると、山は放っておくと荒れてしまう。不要な木を伐採したり、倒木を撤去するといったメンテナンスが必要で、それには莫大《ばくだい》な費用がかかるらしい。

伊庭野家の財政にとってどれくらいの負担かはわからないが、余計な支出はできるだけ抑えたいと考えるのが普通だろう。

伊庭野家の次期当主は雲海をじっと見つめ、しばし考え込んだ。

「……今は土木技術も進んで、土地や生態系への影響を抑えた開発ができるようになっている。だから開発をしても曽祖父が懸念した状態にはならないだろう」

千彰はアメリカで経営学の博士号を修得している。彼の修めた学問の上では、この山々は一切の利益を生み出さない、いわば「お荷物」だ。合理的に考えるのであればさっさと売ってしまうか、利益を出すものへと変えるべきなのだろう。

小乃実が見上げる先で千彰はうっすらと苦笑いを浮かべた。

「でも、どうしてだろうね。俺もこの場所には、ずっと変わらないでいてほしいと思っているんだ」

曽祖父が興した農機具を製造・販売する会社は祖父の代で給水ポンプや濾過《ろか》設備へと製品を変えた。そして現社長の手によって急激に規模を拡大し、今や世界中でアトラウアのロゴが入った灌漑設備が稼働している。

果たして千彰が継いだ時、伊庭野家やアトラウアはどうなっているのだろうか。普段は悲観的な小乃実だが、このそう遠くない未来だけは、なぜか明るいものになるという確信があった。

「それじゃあ、この景色はずっと守られていくんですね」

「うん。だからまた、一緒に見にこよう」

「……はい、楽しみにしています」

千彰の描く未来には自分の居場所がある。暗にそう伝えられたような気がして胸がきゅっと締め付けられた。

別荘に来たばかりの頃は結婚について茫洋《ぼうよう》としたイメージしか抱けていなかった。

それが今は、雲海に隠されていた山が徐々に姿を見せていくかのように輪郭がはっきりしつつある。

不安がなくなったわけではない。だけど、小乃実もまたそうなることを望んでいるのだと気付いてしまった。

ゆっくり身体ごと振り返ると、こちらを見つめながら千彰がふわりと柔らかな笑みを浮かべる。

言葉を交わすことなく見つめ合い、どちらともなく唇を重ねた。

◇◆◇

カフェテリアで一人ランチを済ませた小乃実は、窓際にあるカウンター席でスマホを眺めていた。

「小乃実さん、お疲れ様でーす」

「ひゃっ！」

いつの間にか集中していたらしい。肩を叩かれた拍子に小さく飛び上がってしまった。危うく取り落としそうになったスマホを胸元に押し付けながら振り返ると、そこには見知った顔があった。

「なんだ……永代君かぁ」

「えっ、その言い方はひどくないですか⁉」

「ごめんごめん。お疲れ様」

一之はカツ丼ののったトレイを手に隣の席に座る。膨れっ面のまま箸を手にすると味噌汁《みそしる》を飲みはじめた。

小乃実はスマホをランチトートに入れ、その横に置いたマグカップを手に取る。だが、覗いてみると中は空っぽ。いつの間に飲んだのかと内心で驚きつつ、一之に断りを入れてから水を取りにいった。

「なにしてたんですか？　すごく真剣な顔してましたけど」

「あ、えーと……ちょっと調べもの。大したことじゃないよ」

いくら遠慮のない後輩であっても画面を見せろとまでは言ってこないはず。案の定、カツ丼を次々と口に運びながら一之は「ふぅん」と呟いただけだった。

本当は小乃実からすると「大したこと」なのだが、それを教えるつもりはない。相変わらず胸のすくような食べっぷりを披露する姿を横目に、密かに溜息をついた。

来月、千彰は三十歳の誕生日を迎える。

ただでさえおめでたい日に加えて、三十歳は大きな節目でもある。そんな記念すべき日に相応しい贈り物はどんなものか、必死で探している真最中なのだ。

欲しい物はないか、密かに千彰へ探りを入れてみたものの見事にはぐらかされてしまった。そもそも心理戦が苦手な小乃実が太刀打ちできる相手ではない。だから思いきって真正面から訊ねてみると、今度はとんでもない答えが返ってきた。

『奥さんがくれるものなら、どんなものでも嬉しいよ』

きっと夫としては素晴らしい回答なのだろう。だが、小乃実にしてみればプレッシャーにしかならない。涙目でヒントを請うても笑顔でスルーされてしまった。

相手は年上かつお金持ち。そんな相手になにを贈ればいいのか見当もつかない。手掛かりを求めてネットであれこれ調べているものの、成果はかんばしくなかった。

そもそも、小乃実には家族以外の男性へ贈り物をした経験が皆無である。そんな人間が千彰への贈り物を選ぼうとするのは無謀なのかもしれない、といよいよ暗い気持ちになってきた。

「小乃実さん、なにか悩みがあるならいつでも聞きますからね」

時折雑談を挟みながらも、一之はあっという間に丼を空っぽにした。グラスの水を飲み干すなり朗らかにそう告げられ、小乃実は思わずぷっと吹き出してしまう。

「もー、これでも一応心配してるんですよ?」

「うん、ありがとう。気持ちだけもらっておくよ」

海外の現場で鍛えられたのか、一之は以前より随分と頼もしく見える。入社したての頃は申請ひとつ出すのに大騒ぎしていたのがまるで遠い昔のように思えてきて、ほんの少しだけ寂しさを覚えた。

そうだ、この程度で弱腰になるわけにはいかない。千彰に喜んでもらえるものを探すべく、密かに決意を固めた。

小乃実が自由に動けるのは平日だけ。それに比較は多いに越したことはない。つまり、今すぐに行動するべきだと判断した。早速小乃実は必要最低限の仕事を大急ぎで片付けると、先日ハンカチを買った百貨店へと向かった。

目指すは男性用のアイテムを扱っているフロア。くまなく見て回り、気になったものは手に取って千彰が身に着けている姿を想像してみた。

こんな高級品ばかり取り扱う百貨店にはほとんど足を踏み入れたことがない。その中でも最も馴染みのない空間でプレゼント探しだなんて、小乃実にしてみれば大冒険である。

こんな小娘がなにをしにきたのかと馬鹿にされるのを覚悟していたが、意外にもどこの店員もにこやかで丁寧に応対してくれたのが唯一の救いだった。

高級品のジャングルをうろうろ探し回ること二時間あまり。ようやく納得できるものを見つけられた。

「あの、すみません……」

二度目の来店はなんだか気恥ずかしい。小乃実が緊張しながら声をかけると、同世代と思しき男性店員はぱっと表情を明るくした。

「いらっしゃいませ。お客様、先ほどもお越しくださいましたよね」

「はい。それで……見せていただいたカフスボタンをお願いしたいのですが」

あれこれ比べた結果、奇をてらうのではなく普段使いできるシンプルなものにしようと決めた。千彰が持っているハンカチと同じブランドではネクタイなどスーツに合わせるアイテムも取り揃えているので、ここであれば間違いないだろう。

「かしこまりました。どうぞおかけになってお待ちください」

ハンカチを買った時と同じ椅子に座り、そわそわしながら店員の戻りを待つ。しばらくして現れた彼は小さなトレイを手にしていた。

「こちらでお間違いないでしょうか」

ちゃんと憶えてくれているのか不安だったが、濃いベージュ色をしたビロード張りのトレイには間違いなく銀色の輝きが収められている。

小乃実が選んだカフスボタンはベースがスターリングシルバーだと先ほど説明された。スクエアのプレートに長方形の黒曜石《こくようせき》が埋め込まれているデザインがシンプルながらクールで、千彰に似合うはずだと確信する。

お値段はそれ相応だが、週末の生活費が浮いているので問題ないはず。値札のゼロの数を見間違えていないことを祈りつつ購入手続きを進めていった。

「裏面に文字をお入れすることができますが、いかがでしょうか」

反射的に「要りません」と言いかけたが寸前で止める。

やっぱりやめておこうか。でも、せっかく一生懸命選んだものだから、それくらいはしてもいいはず。

葛藤する小乃実の左手はいつの間にか首元のプレートをきゅっと握りしめていた。

「それじゃあ……」

すかさず用意されたオーダーカードに書き込むと、男性店員は「かしこまりました」とにこやかに微笑んだ。

第四章　終わりと始まり

パーティーに行かないか、という誘いを千彰から受けたのは、いつものようにお籠もり週末を満喫している時だった。

このマンションに来たばかりの頃から観続けているドラマシリーズも、いよいよ最終シーズンに突入している。次はどんなものにしようか。千彰の意見も聞いてみようと思っていた矢先の、思わぬ提案だった。

「大学時代の友人がドイツの大学に客員准教授として呼ばれてね。壮行会を開こうという話になったんだ」

「准教授ですか……すごいですね」

集まる同期生は三十人ほどだが、パートナーや家族の同伴もＯＫなので実際はその倍くらいになるらしい。

誘ってもらえるのはとても嬉しいけど、そんな場に小乃実が行ってもいいのだろうか。礼儀作法や食事マナーにも不安があると打ち明けると、千彰が優しく微笑みながら髪を撫でてくれた。

「パーティーといっても立食形式だから、社内交流会と似たようなものだよ」

そう言われて先日開催されたばかりの交流会の様子を思い浮かべる。ちょうどアメリカのアリゾナ州から現地の技術者達が二週間前から来日していた。

彼らを歓迎する意味もあったのだろう。バーベキュー料理が振る舞われたのだが、スペアリブやローストビーフを巡って激しい争奪戦が勃発していた。

とはいえ、千彰の同期生はあんなふうに料理の取り合いはしないはず。思わずその姿を想像して忍び笑いを漏らすと、千彰がぴたりと頬を寄せてきた。

「せっかくパートナーの同伴が認められているから、小乃実を見せびらかしたいんだ」

「う……」

正直、千彰と一緒にいる姿を見せるのにはまだ不安がある。だけどその一方で、彼の隣に立ちたいという気持ちもあった。彼が木乃実を「所有」したいのと同じ想いが木乃実にもたしかにあるのだ。葛藤する小乃実を見つめる目に懇願の気配を見つけ、遂にはこくりと頷いた。

「ご迷惑でなければ……参加させてください」

「嬉しい。ありがとう」

気が付けば「泣き貯め」に費やす時間は随分と減ってきている。だからこれからは、もっと夫婦らしくできるようにならなくては。

そう決意したものの、頬に柔らかなキスを受けながら早くも胃がキリキリと痛んできた。

パーティー当日。小乃実は昼食を済ませると、会場であるホテルに併設されている美容サロンへと向かった。

「小乃実様、お待ちしておりました」

上品に微笑むスタッフに出迎えられ、小乃実は緊張しながら「よろしくお願いします」と頭を下げる。

「五時に迎えにくるよ」

「はいっ」

一人でも大丈夫だと言ったのだが、千彰はわざわざここまで送ってくれた。別れ際に頬をするりと撫で、首輪のプレートを指先で弄ばれる。それからスタッフに「よろしく頼む」と言い残して店を後にした。

小乃実は遠ざかっていく背中をぼんやり見つめ、しばらくしてはっと我に返った。

「す、すみません……」

名残惜しんでいる姿をしっかり見られてしまい、小乃実は顔を赤らめる。呆れられるかと思いきや、スタッフの女性は満面の笑みを浮かべていた。

「ご夫婦仲が大変よろしいのですね」

「ふっ……！　そ、そうかも……しれません」

いくら「お試し」とはいえ、これを否定すると要らぬ混乱を招くかもしれない。辛うじて無難に答えると、ようやく店の奥へと案内された。

そういえば彼女にも「小乃実様」と呼ばれたと今更ながらに気付く。もしかして千彰は予約をした時、名字を伝えていないのだろうか。意図的なのかそうでないかはわからないが、初対面の人に下の名前で呼ばれるのはどうにも落ち着かない気持ちにさせられた。

「まずはお顔を作らせていただきます。その後にヘアメイクを済ませてからお召し替えという順番でございます」

「わかりました。よろしくお願いします」

こうやってメイクをお願いするのは成人式以来ではないだろうか。目の前に並べられたいくつものボトルと数多のメイクパレットに怖気づきながら、小乃実は言われるがままに目を閉じた。

まずは元の薄化粧が落とされ、優しい香りがするクリームを顔中にまんべんなく塗り込まれていく。顔の筋肉を解していくような手付きが気持ちいい、と思っていたらこれはマッサージだったらしい。化粧水を含んだコットンで丁寧に拭き取られた。

「小乃実様は色白でいらっしゃいますね。お肌のきめも整っておりますので、ベースメイクはトーンを整えるだけにいたします」

「はい……」

色白なのはきっと、平日の朝しか日光を浴びていないせいだろう。それに肌の調子がいいのは千彰が揃えてくれた化粧品のお陰だ。褒めてくれるのは嬉しいけど、なんだか決まりが悪くて返事の声が小さくなってしまった。

大小色々なブラシが顔中を撫で、指示された通りに目を開けたり上を向いたりしているうちに完成した。

「気になるところがありましたら、遠慮なくおっしゃってください」

「いえ、あの……綺麗に仕上げていただいてありがとうございました」

ちゃんと小乃実の顔なのに、いつもより大人っぽい印象を受ける。しかも目はぱっちりしているし鼻筋が通っているように見えた。これがプロの仕事……！　感激しているのが伝わったのか、メイク担当のスタッフが唇を綻ばせた。

「髪型の希望はございますか？」

パーティーへの参加が決まってからというもの、小乃実はどんな装いが相応しいのかを必死で調べた。だが、あまりにも色々見すぎたせいで結局なにも決められず、千彰に全部お任せしてしまったのだ。

下手なことは言わず、ここはプロに委ねるのが正解だろう。小乃実はありませんと答えて仕上がりを大人しく待った。

この判断が間違っていなかったと確信したのはそれから二時間後。迎えにきた千彰の前へ恐る恐る出ていくと、彼は目を瞠ったまましばし言葉を失った。

「あの、どう……ですか？」

テラコッタオレンジの膝丈ワンピースには襟元と前ボタン、そしてウェストに黒いレースがあしらわれている。ベースは明るいもののレースの色と合わせてバッグとパンプスも黒を選んだので、全体的に落ち着いた印象になっているはず。

千彰はすっと手を伸ばし、パールのあしらわれたイヤリングを揺らす。身を屈めて覗き込んできた綺麗な顔には甘い笑みが浮かんでいた。

「とても似合っているよ。今日の小乃実は綺麗だね」

「ありがとう、ございます。その、お店の方のお陰です……」

千彰はいつも「可愛い」と褒めてくれる。それだけでも十分に嬉しいけれど、「綺麗」はなんだか女性として認めてもらえたような気がした。

とはいえ、やっぱり人前で千彰に褒められるのは恥ずかしい。チェリーレッドに彩られた唇をきゅっと引き結ぶ姿をスタッフ達に笑顔で見守られ、更に居たたまれなさが増した。

パーティーの開始は十七時半。サロンの待ち合わせスペースでお茶と小菓子で小休憩を入れてから会場へと向かった。

エレベーターホールへと向かうにつれて鼓動が速まってくる。静かに深呼吸を繰り返しているのはしっかり気付かれていたらしい。隣から気遣わしげな視線が注がれていた。

「小乃実、本当に気楽な会だから、そんなに身構えなくて大丈夫だよ」

「…………はい」

そもそも「気楽」の認識に大きな差があるのだ。会場は安い居酒屋ではなく高級ホテルだし、千彰もしっかりスーツを着ている。小乃実からすれば友人の結婚式に参加した時よりも気構えが必要だった。

千彰もそう言ったところで小乃実が簡単に落ち着くとは思っていないらしい。繋いだ手に力を籠めてから薄く苦笑いを浮かべた。

「今回は俺も単なるゲストだから、小乃実を一人きりにはしないからね」

「それは、とても助かります」

千彰がずっと一緒にいてくれるなら、面と向かって嫌味を言われるような事態にはならないはず。ようやく強張っていた頬から力を抜き、ほんのり笑顔を浮かべられるようになった。

目的のフロアに着くと想像していた以上に大勢の人でロビーがごった返している。子供連れの参加者もいるのか、会場にはキッズスペースまで用意されているではないか。

カジュアルな雰囲気でほっとしたのも束の間、やはり視線が四方八方から突き刺さってくるのを感じた。

千彰とその同伴者へ視線を向けてくる顔はどれも驚きに満ちている。こちらを見ながらひそひそと話している姿もあちこちにあるが、不思議と敵意は感じられなかった。

少しだけ居心地の悪さを感じながらパーティーが始まった。今宵の主役である希志《きし》が挨拶し、彼が所属していた研究室のメンバーが激励の言葉を送る。

誰もが優秀さを褒め称えるかと思いきや、そこは苦楽を共にした仲間である。研究に没頭するあまりに食事するのを忘れてしまう、年に一度は栄養失調で倒れていたといった失敗エピソードまで暴露され、会場は大いに盛り上がった。

乾杯をするとそのまま歓談タイムに入った。やはりスタート直後は料理の並んだテーブルは混雑している。千彰と二人でシャンパンをちびちびと飲みながら空くのを待っていると、先ほど壇上にいた人物がこちらへやって来た。

「伊庭野、久しぶり」

「あぁ、久しぶりだな」

「忙しいのに来てくれてありがとう」

希志はあまり酒に強くないのか、早くも首と顔がほんのり赤くなっている。千彰はふっと柔らかな笑みを浮かべて祝いの言葉を贈った。

小乃実はグラスを片手に二人の会話へと静かに耳を傾ける。といっても世界情勢から予測できる経済的影響云々《うんぬん》といった内容なのでほとんど理解できないのだが。

「……ところで、お連れの方を紹介してもらえる？」

どこから繋がったのかわからないが、急に希志の視線が小乃実へと向けられた。突然眼鏡越しに探るような視線を向けられ、思わずびくりと身を震わせる。するとすかさず伸びてきた手が肩を抱いて引き寄せられた。

「パートナーの小乃実だよ。小乃実、希志の目つきが悪いのは元々だから気にしなくていい」

「はいっ……あの、はじめまして。このたびはご栄転おめでとうございます」

前もって挨拶の台詞を考えておいて正解だった。小乃実がにこりと笑って挨拶すると、希志もつられるように笑顔になる。

「ありがとうございます。いやぁ、伊庭野が堂々と恋人を連れてくる日が来るとは思わなかったよ」

しみじみとした口調で言われ、小乃実は小首を傾げる。今まで千彰はこういった場に恋人を連れてきていないらしい。それならどうして？　千彰に目で問うてみたが甘い笑みを返されるだけだった。

「みんな僕に聞いてこいって言うんだよ。まったく、面倒な奴らだ」

「なるほど。そういうことだったのか」

千彰は腑《ふ》に落ちたようだが、小乃実にはまったくわからない。三人から少し距離を空けて佇んでいる人々が関係しているのだろうか。ちらりとそちらへ視線を向けるとなぜか視線を逸らされてしまうので、どんな意図があるのかまったくわからなかった。

「あぁ、空いてきたみたいだね。そろそろ料理を取りにいこうか」

希志とはその場で別れ、二人は料理の並ぶ一角へと向かう。小乃実がどれにしようか悩んでいるうちに、千彰がオードブルのトレイから慣れた手付きで盛り合わせを作ってくれた。

「小乃実はなにを飲む？」

「えっと、白ワインをお願いします」

ドリンクカウンターに立ち寄って白ワインの入ったグラスを二つ受け取る。会場の隅に空いている丸テーブルを見つけ、もう一度乾杯してから艶やかなスモークサーモンを口に運んだ。

「あ、これ……美味しいです」

「うん。中にチーズのムースが入っているね」

小乃実が好きそうなものを選んでくれたのだろう。どれを食べても外れがない。お腹が落ち着いたので会場の様子を眺めると、希志は大勢の人に取り囲まれていた。

やはり主役は大人気だ。食べる暇もなさそうだし大変そうだな、と同情しながら眺めていると、輪から抜けた女性がこちらに向かって歩いてきた。

「伊庭野君、久しぶり」

「あぁ、久しぶり」

髪をタイトにまとめ、かっちりとしたシャツワンピースに身を包んだ彼女は男性を伴っていた。

「夫を紹介させてもらうわね」

「ありがとう。初めまして、伊庭野です」

「こちらこそ。お噂はかねがね聞いております」

その女性は千彰と同じ研究室に所属していたらしい。今は外資系のシンクタンクに勤めていて、夫とは職場で出会ったの、と馴れ初めを語ってくれた。

彼女が話し掛けてきたのを皮切りとして、色々な人が挨拶しては千彰の同伴者についてあれこれ聞き出そうとしてくる。

「ねぇねぇ、二人きりの時の伊庭野ってどんな感じ？」

またもや同じ研究室だったという男性が興味津々といった様子で訊ねてくる。答えに詰まった小乃実が千彰を見遣ると無言で微笑まれてしまった。これは正直に伝えていいということだろうか。

「えっと、いつも私を気遣ってくれて、とても……優しいです」

意地悪な時もあります、というのは言わない方がいい気がしたのでそこで言葉を区切ると、なぜか小さなどよめきが起こった。

なにか悪いことを言っただろうかと焦ったが、どうやらその逆だったらしい。愛されてるねぇ、というコメントに真っ赤になると、今度は口々に可愛いと言われてしまった。

「こら、あまり小乃実を困らせないでくれ」

「悪い悪い。あまりにも珍しくてさ」

彼らに悪気がないのはわかっているが、第三者からのストレートな感想にはどうしても過剰に反応してしまう。明らかに血色のよくなった頬を長い指でするりと撫でられると、またもや「おぉ……」という声がいくつも上がった。

批判されるのは辛いけれど、こうやって冷やかされるのも居たたまれない。変な汗をかいてきたので小乃実は一時離脱を決意した。

「千彰さん、お手洗いに行ってきます」

「あぁ、一緒に行くよ」

「だ、大丈夫ですっ」

場所はわかるし、遠いわけでもない。だからわざわざ来てもらう必要はないと断ると、なぜか寂しげな顔をされてしまった。それもまた「過保護」やら「心配性」とからかわれているが千彰は見事にスルーしている。

これはもうさっさと離れてしまうに限る。「行ってきます」と告げてから素早く会場を後にした。

幸い、お手洗いは空いていた。まずは額に浮かんだ汗をハンカチで丁寧に拭う。それからパウダーをはたき、口紅も塗り直した。しかし、時間が経っても化粧がまったく崩れていないのが驚きだ。やはりプロは違うな、と感心しつつ会場へと戻った。

そっと扉を開けてから千彰の居場所をたしかめる。どうやら小乃実が出ていった時から動いていないらしい。そちらに向けて歩きはじめ――途中で歩みを止めた。

さっきまで小乃実がいた場所に誰かがいる。こちらに背を向けて立つすらりと背の高い女性はウェーブがかった長い髪を揺らしながら千彰と談笑していた。

「そういえばさ、嶌崎《しまざき》さんって伊庭野君と付き合ってたよね？」

会場の中でも背の高い二人が並んでいるとやけに目立つ。小乃実の斜め前にいる女性三人組がひそひそと話しはじめる。

そんな話は聞きたくない。だけど耳が勝手に会話を拾いはじめた。

「付き合ってたっていうか、嶌崎さんがあまりにも諦めないから伊庭野君が根負けしたんだよ」

「そうそう。『お試しなら』って言ってね」

聞き覚えのあるワードに心臓がどくんと大きく鳴った。頭から血の気が引き、胸が苦しくなってくる。

「でも結局、伊庭野君が『やっぱり無理』って言って、半年と持たなかったんじゃなかったっけ」

「あの後、嶌崎さんがめちゃくちゃ荒れて大変だったらしいよ」

三人組の向こう側では千彰の言葉に嶌崎なる女性が声を立てて笑い、腕をぽんと叩いた。気心の知れた間柄なのだとわかる仕草を目の当たりにして、バッグを持つ手に力が籠もった。

「こうやって見ると、すごくお似合いなのにね」

「たしかに！　でも……」

居たたまれなくなった小乃実は身を翻し、再び会場の外に出る。足早にお手洗いに向かうと個室へと避難した。

かつて千彰と「お試し」で付き合っていた彼女は、小乃実から見ても魅力溢れる女性だった。ボディラインのはっきりと出たミニ丈のワンピースにピンヒール。そして横顔だけでも美人だと容易にわかる顔立ちをしていた。

その上、千彰の同期生である。容姿や頭脳、どこを比較しても勝っている部分が見あたらない。そんな彼女ですら「お試し」の後に断られたのだ。

今まで千彰からそう言われるなんて考えていなかったが、彼にとっても「お試し」なのだと今頃になって思い至った。

もし千彰に「やっぱり無理だ」と関係の終了を告げられたら――。

想像しただけで視界がざっと暗くなり、呼吸がうまくできなくなってきた。目の奥から熱いものが湧き上がってくるのを感じて瞼をきつく閉じる。

今はパーティーの真最中。ずっとここに閉じ籠もっているわけにはいかない。扉に背を預けたまま深呼吸を繰り返し、思考を遮断した。

「…………うん」

千彰に迷惑をかけないためにも、まずはこのパーティーを乗り切らなくては。小乃実はゆっくり目を開けると、すっかり馴染んだ笑顔の仮面を被り直した。

ロビーに出るとちょうど千彰が開いた扉から姿を現す。目が合うなりほっとしたような表情を浮かべた。

「小乃実、大丈夫？　なにかあった？」

足早に近付いてきた「お試し」の夫が両手で頬を包み込む。小乃実は申し訳なさそうに眉を下げてから「すみません」と告げる。

「慣れないお化粧なので、直すのに時間がかかってしまいました」

「そうだったんだね。なかなか戻ってこないから心配したよ」

よかった、と囁いた声には安堵が滲んでいる。

まるで心の底から小乃実を案じているような様子に、胸がずきりと痛んだ。

◇◆◇

千彰の誕生日まで残り三週間となり、昼休憩に入った小乃実はカフェテリアでスマホを凝視していた。

例のカフスボタンは昨日受け取ってきた。二週間かかると言われていたが、予定より早く仕上がったと連絡があったので、その日のうちに百貨店へと赴いた。

これでプレゼントは準備できた。残るはその週末をどう過ごすかだが、いつもより凝った手料理を振る舞う以外のアイデアが思いつかなかった。

だがそれは「お家デート」と世間では呼ぶらしく、いつもは外でデートしているカップルがやるからこそ特別感が出るのだ。いつも部屋で過ごしてばかりいる小乃実達にはなんの新鮮味もないだろう。

「うぅ、やっぱり…………」

いつもと違うことをするから記念になる。

となると、小乃実達の場合は家を出るしかないだろう。

先日、初めて一緒にパーティーに参加して以来、千彰はことあるごとに小乃実を外へ連れ出そうとしてくる。これはきっと、部屋に籠もっているのに飽きてきたという無言のアピールに違いない。

今はまだドライブの休憩ついでにちょっと買い物をする程度で、あくまでもメインはドライブだった。

だから、千彰の誕生日祝いには――――。

想像しただけで緊張してしまうが、小乃実にできることはこれくらいだろう。行き先は会社の人に遭遇しないような場所で、できれば都内かその近郊の……。

「小乃実さん、お疲れー」

レジャー情報のサイトを開こうとしていた手を止め、勢いよく振り返る。危ない、また没頭していた！

「あっ！　学《まなぶ》さん、お疲れ様でーす」

八人いる「たかはし」姓の中の一人、喬橋学は品質管理の部門に所属している。唯一の同じ漢字仲間というのもあり、お互い見かけると雑談をする仲なのだ。炭酸飲料のペットボトルを片手に近付いてくると隣に浅く腰かけた。

「あのさ、ちょっと聞きたいんだけど」

「はい、なんでしょう？」

仕事ではほとんど関わりがない彼が神妙な顔をしているのでつい身構えてしまう。大したことじゃないんだけど、と前置きをしてから学はおもむろに切り出した。

「俺の奥さんがさ、この前の日曜日に伊庭野室長を見かけたらしいんだ」

「へぇ……そう、なんですね」

見かけた場所は輸入食材を扱う店だという。たしかに先日、ドライブの途中でそこへ千彰と立ち寄り、ワインや酒肴《しゅこう》を一緒に選んだ。それらは来週のお楽しみにしようと言われたことまでしっかり憶えている。

学の妻は以前、アトラウアで派遣社員として働いていた。だがそれは小乃実が入社する前の話なので面識がない。それなのにどうして、小乃実にこの話をしてきたのだろう。

困惑しながらも笑顔を維持していると遂に爆弾が落とされた。

「室長は小柄な女性と一緒にいて、その人を『このみ』って呼んでたのが聞こえたんだってさ。だからもしかして？　と思ってさ」

「えっ………」

店は混雑していたので、そこまで聞かれているとは思わなかった。

嘘はつきたくない。だけどまだ会社の人に知られる覚悟はできていない。どう答えるべきか迷う小乃実の耳にかつん、とヒールが床を叩く音が届けられた。

「ちょっと、伊庭野室長がこんな子とどうにかなるわけないでしょ。いくら冗談だとしても笑えないわよ」

「えっ？　俺は別に、そんなつもりは……」

近くにいたなんて気付かなかった。奈々美は学の前に仁王立ちになると真っ赤に塗られた唇を歪ませる。そして小乃実を一瞥するなりふっと嘲笑を浮かべた。

「釣り合いが取れていないにもほどがあるわ。室長に失礼よ」

「いやぁ……それは」

言葉を濁した学がちらちらとこちらを窺っているのに気付いた瞬間、小乃実はいつものようににっこりと無邪気な笑みを浮かべた。

「そうですよ、学さん。私なわけがないですって！」

「えっ、そうなの？　でも『このみ』って名前は結構珍しいと思うんだけど」

「うーん、少ないですがいなくはないですよ。もしくは、奥様の聞き間違いかもしれませんね」

小乃実がきっぱり否定したので満足したのか、奈々美が用は済んだとばかりに去っていく。その背を見送ると学の方へと向き直った。

次の瞬間、視界の端をすらりとした男性が横切っていく。

咄嗟に出入口へと視線を向けると、廊下へと出ていく千彰の後ろ姿があった。

もしかして……さっきの会話を聞かれた？　いや、この距離であればなにを話していたのかはわからなかったはず。

願望に近い予想が外れたと知ったのは、翌日のことだった。

最近の千彰は報告書を届けにいく時間をメッセージで指定してくる。それに従って経営企画室のチャイムを鳴らせば、必ず室長が在席しているのだ。お陰で雅志や玖美子からは「最近打率が高いね！」と褒められていた。

渡したものは千彰が中身をざっとチェックするだけ。たまにそこへ二、三の質問が入ったりはするが、それでも十分に満たない短い時間を過ごすために必死になっていた頃が懐かしく思える。

そして今日も指定した時間に赴くと、ガラス扉を開けたのは室長その人だった。

「いらっしゃい、喬橋さん」

「お疲れ様です。売上報告書をお持ちしました」

目の前に千彰がいるのだから、この場で渡すべきだろう。ほんの少し寂しさを覚えながらファイルを差し出しかけると「どうぞ」と部屋の中に導かれた。

「あれ……？　どなたもいらっしゃらないんですか？」

室長を含めて十人いる部署なのに、今はどの席も空っぽになっている。なにかあったのかと訊ねれば、ミーティングの準備で出払っていると返された。

室長がのんびりしていて大丈夫なのかという疑問が湧いてきたものの、千彰にそんな心配は不要だろう。一緒に窓際に向かうとデスクに凭《もた》れた彼へとファイルを差し出した。

「……なるほど。第五セグメントの売り上げがだいぶ厳しいね」

「はい。継続案件も打ち切りが四件ありました」

営業部は業界別にチーム分けがされている。その中で第五セグメントは奈々美の所属しているチームだ。見積もりの改ざん疑惑をかけられて以来、営業成績が極端に落ちているのは気のせいではない。

　本人も自覚があるらしく、焦りから色んな人に当たり散らしている。きっと昨日のあれもその一環なのだろう。

「いつもありがとう」

「いえ……」

　伸びてきた手が頬に触れる。咄嗟に一歩下がると千彰が少し困ったような顔で微笑んだ。

「大丈夫だよ。ここには誰もいない」

「そうですけど……！」

　ガラス扉の前には低いパーティションがあるので廊下から見られる心配はない。だけど千彰の部下達が戻ってこないとも限らないのだ。会社ではこれまで通りに振る舞うという約束は一回を除いて守られてきた。それなのにどうして急に？

「小乃実はまだ、皆に知られるのは困る？」

　柔らかで、だけどどこか責めるような口調で千彰に問い掛けられた。次の瞬間、小乃実の中で様々な色の感情が渦を巻く。

　お似合いだった元彼女。「お試し」で終わった関係。そして奈々美が嘲りながら口にした言葉。

　小乃実は更に一歩下がりながら剝《は》がれかけた笑顔を貼り直した。

「だ、だって……私達は『お試し』じゃないですか。終わってしまう可能性があるんですから、このままの方がいいと思いませんか？」

皆に知られた後に終了したら、きっと周りに余計な気を使わせてしまう。小乃実だけならまだしも、千彰の評判にも傷がつくのだけはどうしても避けなければならない。不確定な関係である以上、口外しないに越したことはないだろう。

それにまだ、お互い結婚の意思を確認し合っていない。「お試し婚」は一体いつまでお試しなのだろう。

ここ最近、胸の奥で燻《くすぶ》っていたものをぶちまけると、千彰がさっと表情を強張らせた。

「……つまり小乃実は、終わりを考えているということ？」

問い掛けの声はいつもより低く、怒りの気配を纏っているように感じた。こんなにも可愛がっていた小乃実からそんなことを言い出されたのが気に入らなかったのかもしれない。

千彰の気分を害してしまった。

もしかして、このまま――。

薄い唇が言葉を紡ごうとした瞬間、ざあっと全身から血が引いていくのを感じた。

「し、失礼します！」

小乃実は勢いよく頭を下げると踵《きびす》を返し、素早く部屋を後にした。これ以上、千彰と顔を合わせていたら、きっと泣いてしまっていただろう。

もう二度とあんな失態を起こさない。起こしたくない。

小乃実は静かに深呼吸を繰り返し、涙がせり上がってこないよう気をつけながら廊下を進んでいった。

◇◆◇

金曜日――。

小乃実はパソコンに向かって黙々と仕事を進めていた。その顔にはいつもの無邪気な笑顔はまったく見られない。ただひたすら手がキーボードとマウスを行き来して、積み上がっていた書類が瞬く間に消えていった。

「………み、さん、小乃実さん！」

「えっ？　あっ、なに？」

隣の席から瀬里が心配そうな顔でこちらを見つめている。忘れてた！　と慌てて笑顔を作ると更に表情を曇らせる。

「もしかして、体調が悪いんじゃないですか？」

「えっ、そんなことないよ。元気元気！」

左手でガッツポーズを作ってみたがそれでも瀬里の表情は晴れない。周りからも気遣うような眼差しを向けられ、小乃実の背中に冷や汗が伝う。

これまではどんなに嫌なことがあっても笑顔だけは自然と顔に貼り付いていた。それなのにどうして、今日に限ってうまく笑えないのだろう。

いや、原因はちゃんとわかっている。昨夜送られてきたメッセージが脳裏に浮かびそうになり、小乃実は振り払うように勢いよく立ち上がった。

「やだなぁ。私だってたまには真面目な顔もするんだよ？」

「それはそうですけど……もし具合が悪かったら遠慮なく言ってくださいね」

瀬里は本気で心配してくれているのだろう。小乃実は「ありがと！」と元気に言い残してキャビネットの並ぶ壁の方へと歩いていった。

経営企画室での一件以来、千彰とは顔を合わせていない。そして毎晩のようにあった帰宅後の電話も多忙を理由に止まっていた。

辛うじて毎日メッセージのやり取りはあるものの、なんだか素っ気ないような気がする。

もしかして、千彰は気分を害してしまったのだろうか。そんな不安を抱いていると、週末に予定が入ってしまったので一緒に過ごせない、という謝罪のメッセージが昨晩届いたのだ。

これまでも何度か、土日のどちらか一日だけになったことがあった。だが、今回は「お試し婚」を始めて以来、初めて千彰の部屋に行かずに一人で週末を過ごすのだ。

といっても、つい数ヶ月前までは自室に籠もるのが日常だった。誰にも頼ることなく生活していけるように貯金も頑張ってしていたし、簡単な大工仕事も含めて家のことはひと通りこなせる。

だからただその暮らしに戻るだけだというのに、小乃実はひどく動揺していた。

その落ち着かない気持ちを誤魔化そうと仕事に集中していたら、大事なトレードマークが剝がれていたらしい。小乃実はもう一度気合いを入れ直し、定時までの時間をめいっぱい使って仕事を片付けた。

今日は駅をスルーしないで電車に乗る！　と何度も自分に言い聞かせて駅へと向かい、改札を通り抜ける。そしてターミナル駅で乗り換えて一駅、最寄り駅に着いた。

久しぶりだから、食材のまとめ買いは今日中に済ませて土日は部屋から一歩も出ないで過ごそう。そう決めて用意しておいた買い物メモをスマホから呼び出し、閉店間際のスーパーへと向かった。

結果的に小乃実の思い付きは正しかった。買い物をして自宅アパートに着くなり、すとんと全身から力が抜ける。急にすべてが億劫《おっくう》になり、このまま眠ってしまいたい衝動にかられる。

それでもなんとか食材を仕舞ってメイクを落とし、パジャマに着替えるとそのままベッドへ潜り込んだ。

土曜の朝は空腹によって目覚めた。それなのに食事を作る気力も起こらず、体調不良になった時のために用意してあるレトルト食品に手をつける。これらは意外と割高なので賞味期限が切れる直前まで手を出さないようにしていたのに、どうしても我慢できなかった。

洗濯をしなければいけないのに、なかなか身体が動いてくれない。涙を流すでもなくぼんやりとテレビを観ているだけの無為な時間が流れていった。

そんな状態でもなぜかスマホだけはしっかり握りしめている。メッセージの着信を報せるたびにすぐチェックしていたが、千彰からは一通も送られてこなかった。金曜日の朝から変化のない千彰とのメッセージ画面をじっと見つめる。そこで今更ながらに小乃実からはまったく話し掛けていなかったことに気が付いた。

今メッセージを送ったら、返事をもらえるだろうか。返信を待つ時間を想像しただけで怖くなり、途中まで打ち込んだ文字を消した。それを繰り返していただけで、気が付けばすっかり夜が更けてしまった。

このままではいけない。なんとか気持ちを奮い立たせて簡単な夕食を用意し、ついでに常備菜作りにも取りかかる。だがそれで限界を迎え、シャワーを浴びると再びベッドに倒れ込んだ。

「終わり………なのかな」

なにげない呟きがぽかりと暗闇に浮かぶ。口にした途端、急にその可能性が現実味を帯びてきた気がした。

小乃実が余計なことを言ったせいで面倒な人間だと思われたのかもしれない。だから千彰は「お試し婚」を解消して――。

次の瞬間、ぶわりと目の縁に涙が湧き上がってきた。急にせり上がってきたせいでタオルが間に合わず、枕カバーにぽたぽたと熱い雫が滴り落ちていく。

「うっ……はっ、うぅ…………っふ」

声を殺しながら泣いているうちに、そのまま深く眠り込んでしまった。

そして長いようで短かった週末が明け、久しぶりに鈍い頭痛を抱えて出社すると――。

「ちょっとちょっと、伊庭野室長が結婚するかもって話……聞いた⁉」

午後いちの定例会議から戻ってくるなり、待ち構えていた三花に捕獲された。引きずられるように打ち合わせスペースへ連れてこられた途端、我慢の限界と言わんばかりに捲し立てられる。

「うっ、ううん…………はじめて聞いた、けど」

「といっても『かも』って話なんだよね」

三花の情報によると、先週の半ばに千彰が社長としていた会話が発端らしい。「週末」「皆で食事」といったワードを複数の社員が耳にし、これはもしや⁉　と瞬く間に噂は広まっているという。

興奮気味に語る同期へ相槌を打ちながら、小乃実は足がふらつかないよう必死で踏ん張っていた。

千彰が父親と話している時期から察するに、週末の訪問を断ったのはその用事があったからに違いない。

もしかして……お見合い、だった?

それが決まったから「お試し」でしかなかった小乃実は不要になった。そう考えると急に千彰が素っ気なくなった理由も納得ができる。

すっと頭から血が引き、視界が色を失う。遂には身体を支えられなくなり、咄嗟に傍にあったテーブルへと手を添えた。ちゃんと笑顔を作れているだろうか。小乃実は乱れた鼓動を
落ち着かせながら、声が震えそうになるのを必死で堪えた。

「で、でも、室長なら、いつ結婚してもおかしくないんじゃないかな」

「そうだけどさぁ。やっぱりちょっとショックだよね。って、小乃実は大丈夫?」

「大丈夫だよ。……あっ、ごめん。出荷調整を急ぎで頼まれてたんだった」

またね、と手を振って三花と別れる。そして自席に戻ると、会議の間に溜まっていた仕事を片付けはじめた。

小乃実はモニターに表示される文字を目で追いながら機械的に手を動かす。今朝はいつものように「おはよう」とメッセージが来たから、随分と不安が薄らいでいたのに。それが今は、ショックのあまり思考が麻痺してしまったらしい。驚くほどなにも感じられなくなって

いた。

「経理に行ってくるけど、請求調整の依頼書が出来ているなら持っていくよ」

「あっ、ちょっと待ってください」

声を掛けると、瀬里は慌ててデスクに積まれた書類の中からファイルを探しはじめた。差し出されたものを受け取り、念のために中身を確認したが問題はなさそうだ。

「大丈夫そうですか？」

「うん、完璧」

瀬里はしっかりしている分、少し融通がきかないところがある。新卒の頃は受注後の条件が変わることがどうしても納得できず、よく小乃実にも食ってかかってきていた。それが今や、淡々と依頼を処理する程度には柔軟になった。とはいえ、担当営業に嫌味を言うのだけは忘れないのだが。

来月の頭には育休明けの先輩が復帰する。不在の間にシステムが大幅に刷新されたので、教えながらでもなんとか業務は回せるだろう。

「宮薗さんもすっかり一人前になったねぇ」

この件に関しては近いうちに打ち合わせしよう。小乃実はにこりと笑ってから「行ってくるね」と告げて廊下へ向かう。その背を眺める瀬里の顔には不安げな表情が浮かんでいた。

足早に廊下を進み、すれ違った顔見知りの社員と挨拶したりちょっと雑談をしたり。いつもと変わらない振る舞いができていることに安堵した——のも束の間、向こう側から歩いてくる一行に気付いた途端、心臓がどくんと大きく鳴った。

そういえばこの時間の「彼」は経理部との定例会議が入っているんだった。それを把握しておきながら鉢合わせするだなんて。

ここで引き返すのは明らかに不自然だが、このあたりには逃げ場もない。小乃実はファイルをぎゅっと握りしめながら深呼吸し、たたたっと軽やかな足音を響かせながらスーツ姿の集団へと近付いていった。

「お疲れ様ですっ」

「あぁ、お疲れ様」

「お疲れー」

弾んだ声での挨拶に一行からいくつもの声が返される。

だが、その中心にいる経営企画室のトップ、伊庭野千彰はこちらを一瞥してふっと目を細めただけ。表情こそ柔らかだったものの、すぐさま隣を歩く経理部の部長となにやら話をはじめた。

小乃実はそのまま経理部のエリアに突入し、持参した書類をそれぞれ担当者へ配達して回る。そして今度は別の書類を受け取るとまたもや営業部へと舞い戻った。

——声を掛けてもらえなかったことなんて、これまで一度もなかったのに。

今回はタイミングが悪かった？　いや、あの時千彰は誰とも話をしていなかったはず。

段々と沈んでいく気分を振り払うように猛然と仕事をする小乃実を、瀬里が様子を窺うように時折ちらちらと見つめていた。

「小乃実さーん、ちょっとこれを教えてもらってもいいですか？」

「うん、もちろん」

一之がノートパソコンを片手にやって来たのは火曜日の夕方だった。急ぎの仕事は済ませていた小乃実は立ち上がり、打ち合わせスペースへと移動する。

「一時帰国の渡航費申請なんですけど、どうしてもエラーになっちゃうんです」

「えーと、赤文字でエラーの理由が書いてあると思うけど、それは直した？」

「はい。それでもダメなんですよ……」

「そっか。ちょっと見せてね」

どうしてもこの手の申請は複雑になりがちで、苦戦する人が多い。小乃実はノートパソコンを手元に引き寄せ、申請画面をチェックしていった。一時帰国した日付や選択した空港名、プロジェクトのコードなど、引っかかりやすい箇所を確認すると、案の定小さなミスがところどころに散らばっているではないか。

ひとつずつ指摘して一之にその場で修正させる。ほどなくしてエラーの赤文字がすべて消え、［申請］ボタンが押せるようになった。

「はー、やっとできました！」

「おめでとう。これでもう次からは大丈夫だね」

「えぇー!?　いや、頑張りますけど……」

そろそろ事務仕事への苦手意識を払拭してもらいたいのだが、残念ながら道のりは長そうだ。一之はノートパソコンをぱたりと閉じると勢いよく立ち上がった。

「お礼にコーヒー奢ります」

「いいよいいよ。大したことじゃないから」

「いや、お礼をしないと俺、宮薗さんに殺されそうなんで！」

振り返ると瀬里がこちらをじろりと睨みつけている。鋭い眼差しは一之に向けられているはずなのに、なぜか小乃実まで責められているような気分になってきた。

「えっと、そしたら宮薗さんの分も買ってこようね」

「私はカフェモカでお願いします。もちろん永代君持ちで！」

「わ、わかったよ……」

ちゃっかりカフェメニューの中で一番高いものを頼むあたり抜け目がない。小乃実はすぐ戻ると言い置いてカフェテリアへ向かった。

「あの、小乃実さんって辞めるつもりとか……あります？」

とりあえず二人分のコーヒーを買って席に座ると、一之がおずおずと切り出した。あまりにも唐突な質問に、小乃実はカップを持ったまま硬直する。

どうしてそんなことをこのタイミングで？　もしかして、千彰との関係が漏れたとか？

嫌な想像が次々と脳内を駆け巡った。

「いや、あの、宮薗さんが心配してるんですよ。最近の小乃実さんはなにか悩んでいるみたいだし、この前は『もう一人前だね』って言われて、いなくなっちゃうのかなって」

「あっ……違う違う！　それはかんっぜんに誤解だよ!!」

思わず大きな声を出してしまい、慌てて口を噤んだが既に手遅れ。カフェテリアで注目を一身に浴びてしまった。その場を離れ、同じフロアにあるテラスへと移動する。

「実は来月ね、育休中の初鹿《はっしか》さんが復帰するの。宮薗さんがその前に仕事をしっかり覚えてくれたから、助かったなぁっていう感想を言っただけ」

「あぁー……なるほど」

ベンチに並んで座った一之はこくこくと頷いている。だがその表情はなぜか完全には納得していないようだった。

「それじゃ、悩んでるのは別のことなんですね」

「それ……は」

妙な誤解が解けたと思いきや、一之がずばりと核心を突いてくる。誤魔化す余裕もなく口ごもると、隣でにこっと爽やかな笑顔を浮かべた。

「前に言ったじゃないですか。悩みがあったらいつでも聞きますよって」

一之は年下だが友人と呼べる人が大勢いるらしい。海外赴任が決まった時は連日飲み会続きでふらふらのまま飛行機に乗ったと聞いている。

そんな彼であればなにかいいアドバイスをしてくれるかもしれない。しばし沈黙してからおもむろに口を開いた。

「ある人の気持ちがよくわからなくて、ちょっと困ってる……かな」

「気持ちっていうのは、小乃実さんに対してって意味ですか？」

「う、うん……」

千彰が素っ気ない態度を取るようになったきっかけは、間違いなく「しょせんはお試し婚」という小乃実の指摘だろう。それで面倒だと思ってしまったのであれば、ちゃんと言葉でそう伝えてほしかった。

週末の来訪を断り、夜の電話もない。それでも、メッセージのやり取りだけが続いている関係にどんな名前がつけられているのかを知りたかった。

正直、知るのは怖い。だけどそれよりもこの中途半端な状況がいつまで続くのか、それがわからないのが苦しくて堪らなかった。

「わからないなら、訊いてみるしかないですよね」

「それは、そうだけど……」

「察したり、誰かを経由した話ってのは、結構誤解を生んだりするもんですよ」

一之が妙に力説するのは、過去にそれで痛い目に遭ったことがあるからなのだろうか。とはいえ、それができたらここまで悩んでいない、というのが小乃実の本音だった。

「もし訊くのが難しいのであれば、まずは小乃実さんの気持ちを伝えてみたらいいんじゃないですかね？」

「……私の、気持ち？」

そんなものを伝えて意味があるのだろうか。思わず怪訝な顔をすると、一之が力強く頷いた。

「小乃実さんがどう思っているのかを伝えたら、相手もきっと教えてくれますよ」

言われてみれば、小乃実は千彰に対して抱いている感情をちゃんと伝えたことがない。だから千彰も口にしなかったのかもしれない。そう納得したものの、肝心の伝え方をどうしたらいいだろうか。

電話は出てくれなかったらと思うと掛ける勇気が出てこない。直接会って話ができればいいのだが、週末に会えない状況ではまず不可能だ。

それなら手紙かメッセージ？　いや、文章を考えるだけで恐ろしいほど時間がかかってしまうだろう。

「………あっ」

ふとした閃《ひらめ》きに思わず声が漏れる。そうだ、これならきっとうまく言葉が出てこなくても小乃実の気持ちが伝わるかもしれない。

「なにかいい案が浮かびました？」

「うん……なんとか頑張ってみる。永代君、ありがとうね」

「いえいえ、お役に立てたならなによりです」

うまくいくかわからないし、その結果も不透明だ。それでも、この中途半端な状況を抜け出せるかもしれない、と思うだけで随分と気が楽になった。

カフェテリアに戻り、瀬里に頼まれていたものを買ってオフィスに戻る。一之とは途中で別れ、廊下を進む足取りが随分と軽くなったのを実感した。

「はぁ……間に合わなかったか」

弾むように歩く小乃実の後ろで切なげな声が響いた。

◇◆◇

今回の社内交流会は関連子会社の社長達が来日しているせいで、いつも以上に賑やかだった。

参加しているスタッフが信仰している宗教は様々なので、今回の料理はだいぶバリエーションが豊富だ。普段はあまり食べる機会のない料理もあり、好奇心旺盛な社員がチャレンジしては驚きの声を上げていた。

「あっ、このコロッケ。濃い豆の味がして美味しいです」

瀬里はミートボールのような形のものを食べて驚きの声を上げた。小乃実も同じものを取ってきてあったのでフォークを刺してみると、さくりと小気味のいい音が立つ。たしかにスパイスのきいた豆がとても美味しい。これはどこの国の料理だろう、という話をしながら会場の様子に気を配るのも忘れなかった。

今日もまた千彰の周りには大勢の人がいる。その中でも子会社に出向している社員と熱心に話しているようで、とても小乃実が割り込む余地はなさそうに見えた。いつもなら仕方ないと諦めてしまうが今日だけはそうもいかない。

小乃実は他愛のないお喋りを続けながらひたすらチャンスを窺っていた。

明日は祝日だが、その件についても千彰からは言及されていない。ただ毎日、おはようとおやすみのメッセージだけが、まるで義務のように届けられていた。

だが、今回ばかりは好都合。もし小乃実の作戦が失敗したとしても、明日しっかり落ち込んで、それから復活すればいい。そんな理由もあってか、半ばやけっぱちな気持ちでこの場に臨んでいた。

一緒にいた瀬里が仲のいい同期とお喋りを始めたタイミングで静かに離れる。そして大会議室の隅を千彰の方へと移動していった。正直、この後はどうやって近付くかを考えていない。あの分厚い人垣をくぐり抜ける方法を考えていると、すぐ近くを見慣れた人物が通りかかった。

「し、白部さんっ！」

急に話し掛けられた玖美子は足を止め、驚いた顔であたりを見回している。壁際に立つ小乃実に気付くと足早に近付いてきた。

「このちゃん、どうしたのこんな隅っこで」

「あの……お願いがあるんです」

「うん、どうぞ?」

僅かな躊躇いの後、小乃実は思いきって切り出した。

「ほんの少しでいいので、室長とお話しする時間を作っていただけないでしょうか……?」

仕事でほとんど関わりのない小乃実が近付けば、周囲から何用かと注目を浴びてしまうだろう。さすがにそこまで突入する勇気はないので、千彰と話しても不自然じゃない相手に頼ることにした。

玖美子からなんの用事か訊ねられる覚悟をしていたのに、ただ一言「わかった」とだけ返された。

「……いいんですか？」

「いつもこのちゃんには無茶なお願いばかりしてるからね、このくらいはお安い御用よ」

「ありがとう、ございます」

まさかそんなふうに言ってもらえるだなんて思わなかった。ほっとして緩みそうになった涙腺を引き締め、お願いしますと頭を下げる。

「えっと、今すぐがいい？　後でも大丈夫かな？」

「そこはご都合にお任せします」

「了解。ちょっと待ってて」

玖美子は背を向けてあっさり人混みへと入っていった。器用にするすると輪の中心へと移動していく様を見守る。ほどなくして千彰のすぐ傍まで近付くと、会話の途切れたタイミングで耳打ちした。

その様子を小乃実はランチトートを握りしめたまま見守っている。玖美子と二言三言を交わした千彰だが、一切こちらを見ようともしなかった。

やっぱり――無理だった。

心臓がぎゅっと握られたかのように苦しくなる。ふらつく足をなんとか動かそうとする小乃実の前で千彰を取り巻く人垣に変化が起こった。

千彰がすぐ傍にいた雅志へと顔を向け、なにか頼みごとをしたらしい。雅志は小さく頷きながら唇を「わかった」と動かした。

「………え?」

千彰はいつもの柔和な笑みを浮かべたまま周囲へ「失礼」と告げて輪から抜け出そうとしている。その肩越しに目が合った雅志がにこりと思わせぶりに笑った。

「喬橋さん、どうしたの?」

小乃実の前にやって来た経営企画室の室長が優しく問い掛けてくる。これまでと変わらない、あくまで仕事上の付き合いしかないような態度を目の当たりにして、急に悲しくなってきた。

「お忙しいところすみません。あの、後で結構ですので、少しだけお時間をいただけないかと思いまして」

いくつもの視線が向けられているのを感じる。この場から一刻も早く離れたいと願いつつ訊ねると、いつもの穏やかな笑みを浮かべた。

「今でも構わないよ。どんな用かな」

「え、えっと……お渡ししたいものが、ありまして」

だから交流会の後か、人目の少ない場所に移動したい。言外にそう伝えたというのに、察しがいいはずの千彰が小首を傾げた。さらりと前髪が揺れ、合間から覗く瞳が小乃実をじっと見つめている。そこに宿る嗜虐の色を見つけ、背中にぞくりと冷たいものが走った。

「今、それは持っている？」

「はい……」

「だったら、ここで受け取るよ」

いつもお弁当を持ち歩く時に使っている小さなトートバッグに、今日は別のものが入っている。中身が見えないようハンカチで覆うだけでなく、口の部分をしっかりと摑んで持っていた。

徹底的に隠していたというのに、千彰はそれをこの場で渡せと言う。小乃実が躊躇っているとすっとこちらに手を差し出された。ざわりと周囲の空気が揺れる。だが千彰は構わず手を伸ばしたまま小乃実を見つめていた。

傍からは伊庭野室長がなにかを要求しているように見えるだろう。そんな誤解をさせるわけにはいかない。小乃実はトートバッグを探り、掌に乗る大きさの箱を恐る恐るその手に乗せた。

「ありがとう。開けてみてもいいかな？」

「ど、どうぞ……」

いくら小さくても臙脂《えんじ》色のリボンで飾られた箱を見れば、プレゼントなのは一目瞭然だろう。周囲のざわめきがより大きくなっていくのがありありと感じられた。どうして喬橋さんが？　という声が聞こえ、今すぐこの場から逃げ出したくなる。

そんな小乃実の葛藤をよそに千彰はリボンを解き、紙の箱を開けて中身を取り出す。ブランドのイメージカラーである濃いベージュ色に見覚えがあったのか、すっと目を細めた。

長い指が蓋を開き、カフスボタンをひとつ摘まみ出す。白銀と黒の組み合わせを眺めてからくるりと反転させられた瞬間、小乃実は咄嗟に目を伏せた。

そこに刻まれた文字を見て、千彰はなにを思ったのだろう。迷惑だと返されるかもしれない。身構える小乃実の頭上からくすりと小さな笑い声が降ってきた。

「誕生日まで待てなかったのかな？　小乃実は本当に可愛いね」

「えっ……」

カフスボタンを戻した箱がジャケットのポケットへと収められ、空いた手が頬をするりと撫でる。そのまま胸の前でトートバッグを握りしめていた腕を取られ、千彰の方へと引き寄せられた。

「ちょうどいい機会だから紹介してしまおうか」

「あ、あのっ⁉」

戸惑う小乃実に構わず、千彰は交流会の中心部へと歩みを進めていく。結婚間近と噂される室長が連れている女性の姿に気付くなり、誰もが驚きで目を瞠っていた。

「社長、少しよろしいですか？」

「ん？　……あぁ、やっと紹介する気になったのか」

千彰の父親であり、アトラウアの現社長でもある伊庭野忠は小乃実に気付くなり満面の笑みを浮かべる。その隣に立つ妻の絵都子も口元を綻ばせると身を屈めて顔を覗き込んできた。

「山荘に千彰と一緒に来ていた子よね？　垣田が言っていた通り、可愛らしいお嬢さんだこと」

「あ、あの……はじめ、まして」

気持ちを伝えるだけのはずが、どうして千彰の両親と公衆の面前で対面させられているのだろう。辛うじて挨拶はしたものの、困惑を深めた小乃実の肩がぐいっと引き寄せられる。身体の側面が千彰に密着した形になり、そのまま硬直してしまった。

「まったく、どれだけ首を長くして待っていたか」

「そうよ。いつになったら会わせてもらえるか、ずっと気を揉んでいたんだから」

「すみません。彼女は緊張しやすいので、ゆっくり馴れてもらってからと思いまして」

会議室全体が静まり返る中、両親とその息子の会話だけが響き渡っていた。

そして近いうちに食事でも……という話を済ませると、さっさと廊下へと連れ出されてしまった。

「残りの荷物は席に置いてある？」

小乃実がはいと答えると、営業部のフロアに連れていかれた。席まで一緒に来られると焦ったものの、さすがにそこは遠慮してくれたらしい。すぐに戻ってくるように命じると廊下から部屋に押し込まれた。

　フロアでは数人が仕事をしている。小乃実は邪魔にならないよう素早くショルダーバッグをデスクから取り上げ、小声で挨拶を残して離脱した。待っていた千彰のもとに駆け寄るなり、なにかを言うより先に手を繋がれる。

　社内交流会への参加は必須ではないので、オフィスには仕事をしている人がちらほら残っている。廊下ですれ違った人がぽかんと口を開けているのを横目にエレベーターへと乗り、向かったエントランスでは見覚えのある車が待ち構えていた。

「室長の鞄は預けてあります」

「あぁ、ありがとう」

　車の傍らに立った雅志がすまし顔で報告する。だがそれはあっという間に崩れ去り、後部座席に導かれる小乃実に思わせぶりな笑みを寄越してくれた。

「念のために言っておきますが、金曜日は大事な会議が目白押しですから急に休まないでくださいね」

「善処するよ」

「喬橋さーん、くれぐれもよろしくね！」

「は、はいっ！」

　反射的に了承してしまったが、なにをどうよろしくすればいいのかわからない。だが、雅志は言質を取ったと言わんばかり、わざとらしくガッツポーズをしてから扉を閉めた。

滑らかに走り出した車は五分とかからず目的地に到着する。千彰の手を借りて降り立った小乃実は二週間ぶりにやって来た建物を思わず見上げてしまった。

「ひゃあっ！」

無機質なエントランスへ視線を向けた途端、千彰に抱き上げられる。そのまま自動扉を抜けると、ここに初めて来た時に会ったコンシェルジュがカウンターの向こう側で折り目正しくお辞儀をした。

「おかえりなさいませ。伊庭野様、小乃実様」

状況は初めての時と同じだというのに、今回は見て見ぬふりをしてくれないらしい。千彰が「あぁ」と返すのに合わせて小さく頭を下げるに留めた。

足早にエレベーターへと乗せられ、階上へと上っていく。そして着いた先の玄関扉の前で千彰の腕から下ろされた。

「小乃実、開けて」

「……はい」

右手をパネルへと恐る恐るかざす。ややあって小さな電子音が鳴り、ランプが赤から緑へと変わった。よかった、まだ登録は抹消されていなかった。安堵する小乃実の前で扉が開かれ、背中に添えられた手によって内側へと導かれる。

「…………あ、れ？」

一歩を踏み入れた途端、微かな違和感を覚える。とはいえ、そこから見える景色にはなんの変化も見られない。ここに来るのが久しぶりなせいだろうか。いや、それとはまったく別の――。

「おいで」

靴を脱いだ千彰が振り返り、両腕をこちらへと差し伸べる。この一週間、ずっとこうしてほしくて堪らなかった。小乃実はパンプスを脱ぎ捨てるなり腕の中へと飛び込んでいった。

「うっ……ひ、っく………」

「ずっと泣くのを我慢してたんだね。偉いよ」

髪を撫でる手と柔らかな声。懐かしさでいっぱいになり更に涙が溢れてくる。声を抑えることなく泣き続ける小乃実は、初めての時と同じようにリビングへと運ばれた。ソファーに座った千彰の膝の上でぐずぐずと鼻を鳴らしていると、熱を持った瞼に優しく唇が押し当てられる。

「あ……ごめんな、さ……」

このままでは話が進められない。小乃実が喉を震わせながら大きく息を吸い込むと、千彰がポケットへと手を入れた。取り出された箱が目の前で開かれ、小乃実が悩み抜いた末に選んだ誕生日プレゼントが姿を現した。

「伝えるのが遅くなってしまったけど、プレゼントをありがとう。とても嬉しいよ」

「ほんと、ですか？」

「もちろん。これならいつでも着けられそうだ」

妙に強調された部分があるのはきっと気のせいではない。箱を小乃実の膝に乗せ、カフスボタンを摘まんだ指がそれをくるりと裏返しにした。

「それで、ここに入った文字の意味を教えてもらってもいいかな？」

「う、あ、これは……」

あの時、ようやくプレゼントが決まったとテンションが上がっていたのだろう。確認のために完成品を見せられた時は泣きそうなほど恥ずかしかった。店員さんのにこやかな笑みが居たたまれなくて、一刻も早くこの場から去りたいとばかり願っていたものだ。

あえてなにも言わなかったというのに、あっさり千彰に見つかってしまった。しかもその意味まで伝えなければならないのか。察してほしい、などという我儘はきっと通じないだろう。

それに——ちゃんと気持ちを伝えると決めたではないか。

きゅっと唇を引き結び、意を決して見上げる。真剣な眼差しを受け止めた千彰はふわりと微笑んだ。

「千彰さんが、好き……です。これからもずっと、一緒に、いたい」

「うん。……それで？」

「だから、あの、私のだっていう……証拠、を、着けてほしいなって……思ったんです」

千彰を独占したいけど、今の小乃実にはまだそう主張する勇気はない。だからせめて、これを着けている時だけでも千彰の所有権を主張したかった。そんな願いを「Konomi」の文字に託したのだ。

話しているうちに段々と鼻の奥が痛くなってきた。遂にほろりと零れ落ちた涙は弧を描いた唇によって吸い取られる。

「それじゃあ、これを俺に着けてくれる？」

今着けているコイン型のブラックカフスをさっさと外し、緩んだ袖口を差し出される。着けたことがないので随分ともたついてしまったが、なんとか無事に依頼を完遂した。

「でき、ました……」

「ありがとう。うん……スタンダードなデザインなのがいいね」

千彰は満足げに呟くと小乃実の頬を両手でそっと挟み込んだ。白銀の輝きが両端で煌《きら》めく視界の中心で、端整な顔が柔らかく微笑む。

「ほら、これで俺は……小乃実のものだよ」

千彰の言葉に心臓がぎゅうっと締め付けられた。小さくしゃくり上げながら涙を流す小乃実は胸に引き寄せられ、耳元に唇が押し当てられる。

「会えなかった週末は、どうしていたのか教えて？」

「ずっと……千彰さんのことを、考えていました」

「俺のことを考えて泣いていたの？」

「…………は、い」

久しぶりに過ごす一人ぼっちの週末はあまりにも寂しかった。小乃実の涙を拭ってくれる手も、慰めてくれる温もりや優しい声がここにはない。そう考えただけで熱いものが目の縁からこみ上げてきては絶え間なく頬を濡らしていた。

重いと思われてしまうかもしれない。だけどどれだけ想っているのかだけはちゃんと伝えたい。すん、と鼻を鳴らした小乃実の耳に「嬉しい」という甘い囁きが注ぎ込まれた。

「頭の中を俺でいっぱいにして過ごしていたなんて……本当に可愛い」

「迷惑じゃ、ないですか？」

「まさか。俺も我慢した甲斐《かい》があったと思っているよ」

我慢とは？　問うより先に千彰が立ち上がり、小乃実は再び廊下に連れ出された。更に奥へと進み、書庫兼物置として使われている部屋の前で立ち止まる。ここになにがあるのか戸惑っていると、扉の前にそっと下ろされた。

「開けてごらん」

ドアレバーを押しておずおずと開くと、木の匂いが鼻孔をくすぐった。玄関で気付いた違和感の正体はこれだったのか。納得すると同時に様変わりした部屋の様子に言葉を失った。

壁に沿って並べられていた棚が消え、その代わりに造り付けのクローゼットが出来上がっている。二面の壁はハンガーがかけられるようになっており、残りの一面は同系色のチェストが並べられていた。

まるで高級ブティックのような光景だが、吊るされている服にはどれも見覚えがある。ふらふらと近付いていくと、テラコッタオレンジのワンピースにそっと触れた。

「この部屋は浴室も近いから、いつか小乃実の衣装部屋にしようと思っていたんだよ」

「私の、ですか？」

「そうだよ。ラックの高さも小乃実の身長に合わせて作らせたんだ」

そう言われて手を伸ばし、ようやく意味を理解した。会社のロッカーでも少し背伸びをしなければいけないのに、ここではそれが必要ない。意味もなくハンガーをかけ外ししていると背後からくすっと小さな笑い声が響いた。

「あっ！　すみません。つい……」

「喜んでもらえてよかった。あぁ、奥には鏡台と姿見も用意してあるから」

クリーム色の鏡台はシンプルながらアンティーク調のフォルムをしている。そこには洗面台の脇に置かせてもらっていた化粧品一式が綺麗に並べられていた。

「急いで造らせてしまったけど、気に入ってくれた？」

「はい……とても、素敵です」

「よかった」

千彰はほっとしたように微笑み、小乃実を後ろからすっぽりと抱き込んだ。肩が触れている場所から激しい鼓動が伝わってくる。

「ねぇ小乃実、そろそろ『お試し』を終わらせようか」

静かに問い掛けたその声は柔らかでいて、微かに震えていた。

千彰は「お試し婚」をやめたいのではなく、「お試し」の文字を消すことを望んでいる。

つまり、それは……。言葉の意味を理解した途端、小乃実の身体がびくりと揺れた。

「強引すぎた自覚はあったから、小乃実から気持ちを聞けるまで待とうと思っていたんだ。だけど、そのせいで不安にさせてしまったようだね。俺の気持ちが伝わっていないようだったから。部屋ができたら改めて迎えにいこうと思ってたんだ」

「そん、なっ……」

千彰は最初から「お試し」で終わらせるつもりはなかった。それを証明するためにこの部屋を大急ぎで改築してみせたのだろう。その場しのぎの模様替えではなく、わざわざ造り付けの家具にしてあるのがその証左だった。

「俺は小乃実を放すつもりはない。だからもう、遠慮するのはやめるよ」

「ひゃっ、千彰、さんっ？」

抱え上げられた小乃実の身体が鏡台の椅子に座らされる。千彰が手を伸ばし、一番上の真ん中にある抽斗《ひきだし》の把手《とって》を引いた。そこに収められていたのは小さな透明な器だけ。艶やかな半円をしたその中央にあるものに気付いた瞬間、小乃実はひゅっと喉を鳴らした。

背後から左手が取られ、薬指を繊細な輝きが滑っていく。カフスボタンと同じ色をした指輪には丸くて透き通った宝石が埋め込まれていた。サイズぴったりに誂《あつら》えられた指輪を食い入るように見つめていると、千彰の指がそれを愛おしげに撫でていく。

「もう『お試し』なんかでは満足できない。一刻も早く……正式な夫婦になってほしい」

拒むのは赦さない、と言わんばかりに左手をきつく握り込まれた。

千彰はいつだって紳士的に接してくれる。そんな彼の強引な仕草が、どれほどそれを切望しているのかを物語っている気がした。

「私……は、まだ、泣いてばかりいますよ？」

「うん。泣いている小乃実は相変わらず可愛いよ」

「それに、千彰さんのお役に立てるのか、自信がありません」

「前にも言ったはずだよ。俺は小乃実と一緒に過ごすだけで、とても癒やされるんだ。それだけでも十分役に立っていると思うけど？」

その言葉を裏付けるかのように鏡越しの千彰は微笑んでいる。身を屈め、頰にキスを落としてからまたもや抱え上げられた。

「本当に、私でいいんですか？　後悔、しませんか……？」

寝室のベッドへぽすんと着地する。薄暗い部屋の中、おずおずと訊ねる小乃実の頬を一筋の雫が滑り落ちていった。

「しないよ。小乃実は永遠に俺のものだ。誰にも渡すつもりはない」

柔らかな口調で確固たる宣言をされた途端、ぼろぼろと大粒の涙が零れてくる。しゃくり上げた拍子に首元のプレートが揺れ、千彰がゆるりと目を細めた。

「あぁ……本当に俺の小乃実は可愛い」

「そんなこと、ないで……んっ」

否定の言葉は重なった唇によって遮られる。久しぶりに受けた口付けに頭の芯がじんと痺れ、思わず目の前の身体へと縋りついた。離れたくないと言わんばかりの仕草に気をよくしたのか、千彰の口端に笑みの気配が乗る。息苦しさを覚えて身を引いたものの、後頭部をやんわり押さえる手に阻まれた。

「んっ……は、ぁ……千彰、さん………」

こんなに涙腺が緩くなったのは久しぶりだ。涙を零しながらキスの合間に名を呼べば、すぐさま唇が荒々しく塞がれた。余裕を失ったかのような仕草が強引だけど、それ以上に嬉しい。

乱れた息を絡ませ合うようなキスをしたままジャケットを脱がされた。ほんの一瞬だけ唇が離された隙に腕と頭からニットが抜かれ、そのままベッドに横たえられる。覆い被さってきた千彰の手がブラ越しに膨らみをぎゅっと鷲摑みにした。

「んあっ！」

「あぁ、ごめん。痛かった？」

「平気で、す……」

咄嗟に離されそうになった手を押さえ、自分の胸に留める。こんな強請《ねだ》るような真似をするのは初めてだけど、触ってほしい気持ちがどうしても抑えられなかった。

これまでは決して目にしたことがなかった姿に千彰も驚いたらしい。目を瞠り小さく息を呑んだ。だがじわじわと浮かんできた微笑みに取って代わられ、今度は幾分か柔らかく摑み上げられる。

「小乃実は痛くされるのが好きなのかな？」

「わかり……ま、せん。千彰さんが、触ってくれるなら……なんで、も……あうっ！」

先端をきつく摘まれ、小乃実はびくんと腰を跳ね上げた。ブラ越しの刺激は少し鈍くてもどかしさが募っていく。もしかしたら千彰もそれに気付いているのかもしれない。はみ出した場所に吸い付き、所有の証を刻みながらも直接触ろうとはしてこなかった。

「そう……小乃実は、俺になにをされても構わないんだね」

「は、い。だからっ、もっと……ん、あっ……」

　胸の締め付けが緩むと同時に、剝《む》き出しになった尖りへと濡れた感触が這わされる。ぱくりと食まれ、舌先で弾くように弄ばれた。疼きを散らそうと小乃実の指が目の前にある髪を掻き回す。

　さらさらとした髪の間を滑る指に新しい光を見つけ、小乃実はきゅっと唇を嚙みしめた。

「ん、ん……っ！　そこ、ばっかり……は、いやっ……！」

　執拗に舐られた胸の飾りがすっかり硬く立ち上がり、じんじんと痺れている。小乃実が涙交じりの声で懇願すると千彰の頭が反対側へと移動した。濡れた先端が身を震わせるたびに揺れ、その光景が更に小乃実の身体に熱を帯びさせる。

「小乃実、少しだけ腰を浮かせられる？　そう……上手だね」

　優しい声の誘導へ素直に従うと、ひやりとした空気が太腿を撫ぜた。いとも簡単に丸裸にされた小乃実に跨り、千彰が雑な手付きでスーツを脱いでいく。唯一、贈られたばかりのカフスボタンだけは慎重に外され、サイドテーブルへそっと置かれた。

「愛してるよ……」

　素肌をぴたりと密着させたまま千彰が囁く。太腿を掠《かす》める硬い熱杭に気付き、お腹の奥がじゅわりと熱くなった。

「わっ、私も……千彰さんが、大好きです」

「本当に？」

「は、い。ずっと、ずっと……好きでした」

小乃実は必死で想いを言葉として紡ぐ。ぽろぽろと涙を零しながらの告白に向けられる眼差しは甘く、ぞくりとする艶を孕んでいた。

とても綺麗で仕事もできて、そしてなによりも優しい。こんな人と人生を共に歩めたらどんなに幸せだろうと思っていた。だけど小乃実にとっては千彰の身分を差し引いても夢のまた夢だと諦めていたのだ。

憧れで終わると思っていた相手と肌を重ね、伴侶となる約束を交わした。まだどこか別の世界のような気分が残っている小乃実の耳に不穏な囁きが届く。

「それじゃあ、証明して？」

「証明、ですか？」

どうやって、と問うより先に抱き合ったままの身体がころんと反転した。下にある身体へ馬乗りなる体勢にされ、思わず小さな悲鳴を上げる。

「千彰さんっ、あ、のっ……」

「そこまで想ってくれているなら……頑張れるよね？」

仰向けになった千彰は思わせぶりに微笑みながら手早く用意を整えてしまった。この状況でそんなふうに言われたら……導かれる答えはひとつだけ。ぶわりと耳まで真っ赤に染めた小乃実の腰に手が添えられた。

「早く、小乃実の中に入らせてほしいな」

「わ、わかり……ました……」

切なげな声で乞われ、小乃実はそろりと太腿に力を入れる。両膝を立ててから屹立《きつりつ》している肉竿に手を添え、今にも溢れそうな蜜壺へと先端を導いた。入口に触れた途端、粘度を感じさせる水音が上がる。この先を知る身体が勝手に潤んでいくのを感じながら腰をゆっくりと落としていった。

「……んっ、あ……は、ぁ」

柔肉をこじ開けられるような感覚に背中をぞわぞわとしたものが這い上がっていく。思わず腰を引くとこちらを見上げている目が眇《すが》められた。

「小乃実の気持ちはこの程度ってこと？」

「ち、ちが、い……ま、すっ」

久しぶりの感覚にちょっと怖気づいただけで、これでおしまいにする気はない。小乃実はきゅっと唇を噛みしめてから再び身体を沈めていく。これまで以上に強い圧迫感が、まるで内臓を押し上げられているような錯覚に陥らせ、またもや大粒の涙が溢れてきた。

「…………ふっ、う」

顎を伝って落ちた熱い雫が千彰の身体へと滴っていく。がっしりとした胸元にぽたりと落ちた瞬間、内側をこじ開ける感覚が大きくなった気がした。

「ほら、もう少しだよ。頑張って」

「は、いっ……ん、ん……っ！」

先端が奥にある一点を擦った瞬間、小乃実の腰がびくりと揺れる。図らずも感じる場所へ自ら導いてしまい、快楽を散らそうと浅い呼吸を繰り返した。涙を零しながらも必死で想いを伝えようとする姿を、千彰は無言のまま陶然とした眼差しで眺めている。

「あっ、は……っ、ん………ぅ」

あと少し、もうちょっとだけ頑張れば千彰はわかってくれるはず。身悶えそうになるのを抑えながら更に奥へと咥え込み、ようやく腰がぴたりと重ねられた。

最奥へと先端が強く押し付けられているせいで言葉が出てこない。細切れの呼吸を繰り返しながら千彰を見つめ、反応を窺う。腰へ添えられていた手が身体の側面を撫でながら這い上がり、幾筋もの涙が伝った頬を優しく撫でてくれた。

「よく頑張ったね、いい子だ」

声にならない声ではい、と答える。これで気持ちは伝わっただろうか。ようやく落ち着きを取り戻しかけた身体をとんと軽く突き上げられ、小乃実は激しく身悶えた。バランスを崩し、咄嗟に伸ばした手が捕らえられる。そのまま千彰の胸の上へと導かれ、掌から伝わってくる弾力に内側がきゅうっと引き絞られた。

「あぁ、また締まったね。俺に触って感じたのかな？　本当に可愛い……」

「千彰さ……あっ、ま、って……くだ、さっ…………！」

戯れるように腰を揺らされ、ぐちぐちと淫らな水音が寝室を満たしていく。内側と耳を同時に犯された小乃実は、追い詰められるような感覚に恐怖を覚えた。

「どうして？　こうやって奥を掻き回されるの、好きだよね？」

「そうでっ、すけど……今、はっ、だ、めぇ…………あ、ああああ――ッッ!!」

自ら迎え入れたものに翻弄され、あっけなく高みへと昇らされた。がくがくと震える身体を胸に置いた手でなんとか支える。絶え間なく降ってくる涙の雨を一身に受け、恍惚《こうこつ》の表情を浮かべた千彰が背中に手を回した。

「おいで」

その一言でかくんと肘が折れる。落下してきた小乃実の身体を難なく受け止め、荒い呼吸を繰り返す唇にキスを落とした。

「俺も、小乃実の身体で気持ちよくさせて」

「は、い……」

小乃実が頷くより先にずるりと身の内から肉杭が抜かれる。入口近くまで戻ったと思いきや、勢いをつけて侵入してきた。濡れた肉同士がぶつかり合う音が聞こえ、小乃実は思わず息を止める。拘束された身体には、激しい律動をすべて受け止める道しか残されていなかった。

「やっ……ぁ、ち、あきっ……さんっ………もっ……あっ……あぁ………っ‼」

「いっ、しょ……にっ………！」

ひと際強く押し込まれた瞬間、目の前で極彩色の渦が弾ける。お腹の中で熱が拡がっていくのをぼんやり感じていると頭頂に柔らかなものが押し当てられた。

「ねぇ、小乃実。ここに初めて来た時、俺が結婚したいって言ったのは憶えている？」

「………え？　『お試し』じゃなくて、ですか？」

乱れた呼吸を繰り返す唇に「そう」と言葉が吹きかけられる。

あの時は千彰に嘘がばれた上に予想外の事態が次々に起こり、小乃実は完全にパニック状態だった。残念ながら飛び飛びの記憶しかないと告げると、千彰が小さな溜息を零した。

「あの、私はなんて言ったんですか……？」

「無理だって泣きじゃくっていたよ。だけど諦めきれなかったから『それならお試しでもいいから』って頼み込んだんだ」

そんな話をしていたなんて全然記憶にない。だが、こうやって千彰が行動してくれたのを見る限り、嘘ではないのだろう。

つまり「お試し婚」になったのは、小乃実のせいだった。それなのに千彰は責めることなく想いを伝えてくれた。

嬉しさと申し訳なさが入り交じり、涙が溢れてくる。

「ごめんなさい。私、勘違いして、いました……」

「いいんだよ。たしかめなかったのは俺だから、自分を責めないで」

ぽろぽろと泣き続ける小乃実を見つめる眼差しはどこまでも優しい。

「これからは、ずっと一緒だよ……」

千彰は左手を取り、薬指に嵌《は》まる輝きへとキスを落とす。

未来を約束する言葉と一緒に溢れてきた涙は、すかさずぺろりと舐め取られた。

エピローグ

営業アシスタントの高橋小乃実は今日も元気いっぱいにオフィス中を動き回っている。次期社長との婚約が明らかになってもなお、その忙《せわ》しなさに変化は見られなかった。

「宮薗さん、検収書のチェックをお願いできる？」

「はいっ、すぐやります」

「お願い。ちょっとシステム部に行ってくる！」

急げ急げと小さな声で言いながら廊下に出ていく。その背ではひとつに結んだ髪が子犬の尻尾のように揺れていた。

小乃実と瀬里が大急ぎで仕事を片付けているのにはれっきとした理由がある。今日はどうしても十一時には二人揃って手を空けておかなければいけないのだ。

すべての用事を済ませ、腕時計に目を遣ると時刻は十時四十五分を回っていた。よかった、間に合ったと安堵しながら営業部に戻ると、瀬里が隣の椅子に座った女性と楽しげにお喋りしていた。

「わあっ、もう来られてたんですね！」

十時に出社して、人事での手続きに一時間はかかると聞いていた。思わず驚きの声を上げると、育児休暇から復帰する初鹿環菜《かんな》が振り返ってにっこり笑った。

「このちゃーん、久しぶり！」

「ご無沙汰しています。……あっ、お帰りなさい！」

「ただいま。元気そうでなによりだわ」

小乃実が新卒で営業部へ配属された時、仕事を一から教えてくれたのが環菜なのだ。優秀な彼女が一年半前に産休を取る直前は不安で仕方なくて、週末の「泣き貯め」が追いつかなかったのが今となっては懐かしい。

「お子さんの保育園は大丈夫そうですか？」

環菜は当面の間、引継ぎのために出社する。だがそれを終えたら在宅勤務をメインにすると聞いていた。だからいかに効率よく引継ぎを済ませるか、瀬里とは何度も打ち合わせをしておいた。

「うーん……まぁ、毎日戦争みたいだけど、なんとかやっていくしかないね」

綺麗にメイクしているものの、やはり疲れの色は隠しきれていない。育児の大変さを目の当たりにして胸がきゅっと締め付けられた。

「もし大変な時は遠慮なく言ってくださいね」

「はい、こちらでできるだけバックアップしますので」

「………ありがとう。はぁ、私っていい後輩に恵まれてるわぁ」

環菜のしみじみとした口ぶりに小乃実は思わず深く頷いた。

「本当に。宮薗さんはすぐに理解してくれるので、とても助かっています！」

可愛い後輩を全力で褒めたつもりなのに、当の本人は微妙な表情を浮かべている。環菜も苦笑いすると瀬里の方へそっと身を寄せた。

「このちゃんは相変わらずね」

「そうなんです。どうにも自覚が薄くてですね……まぁ、その辺は伊庭野室長がしっかり教えてくれるんじゃないでしょうか」

「そうね。それを期待しましょ」

「なっ……なんの話ですかっ⁉」

声は潜めているものの会話は丸聞こえである。ぶわっと一気に頬を染めた小乃実へ、わざとらしいにもほどがある笑みが寄越された。

「最初に聞いた時はびっくりしたけど、すぐに納得しちゃった」

「まったくもって同感です」

突然の次期社長の婚約者発表は瞬く間に社内へと広まったのは無理もない。祝日明けの金曜日、どんな反応をされるのかびくびくしながら出社した小乃実だが、拍子抜けするほどの歓迎ムードに戸惑ってしまったほどだ。

これまでの首輪に加え、左手の薬指にあるものも外さないよう千彰から命じられている。当初はあからさまな装飾品が恥ずかしくて、できるだけ隠すようにしていた。だが、みんなから「どうして隠すの？」と指摘されてしまい、早々に開き直ることにした。

「いやーほんと、室長が見る目のある人でよかったですよ。これでどこかのトリリンガルさんを選んだりしたら、見切りをつける人が大勢いたと思いますよ」

「あー……そういえば彼女、異動したんだよね」

「実質左遷ですし、辞めるんじゃないですかー？」

明言を避けているものの、誰の話かはすぐに察せられる。これまで女王様のように振る舞っていた釆澤奈々美には先日、とある離島への異動命令が出た。どうやら例の見積書の改ざん疑惑に加え、許可なくサービスを無償提供していたことが発覚し、現場から勉強し直すようにという命が下ったのだ。

多大なる不利益を被らせておきながら、奈々美は不当人事だと大騒ぎしたらしい。だが、会社側から損害賠償請求を匂わされた途端に大人しくなり、今は有給休暇を取っている。お陰で営業部は忙しいながらも平和な日々を送っていた。

雑談もそこそこに、環菜への引継ぎに早速取りかかる。復帰の挨拶も兼ねて一緒に書類を届けにいったり、処理方法が変わった点を説明しているとあっという間に環菜の退社時間になってしまった。

「はぁ……たった一年半なのにこんなに変わっているのね。海外赴任組が戸惑うのもわかるわぁ」

「今日は流れを説明しましたので、明日からはそれぞれ細かくお話ししますね」

「うん、よろしく」

今は移動の時間も無駄にできない。エントランスまで見送りに出ると、黒塗りの高級国産車がロータリーへと滑り込んできた。

「おっ……お疲れ様です！」

行き交う人からの視線が痛い。今は仕事中！　と自分に言い聞かせながら経営企画室の室長へとこれまで通りの挨拶をした。突然の邂逅《かいこう》に動揺を隠しきれない小乃実とは対照的に、車から降り立った千彰は柔らかく微笑んでいる。

「お疲れ様です。あぁ、初鹿さんは今日から復帰でしたね」

「はい。ですが、売上報告書は引き続き喬橋さんにお願いすることになりそうです」

いくら復帰したからといって、時短勤務である環菜にあれを任せるのは難しい。その点は納得しているものの、関係を知られている状態でこの話をされるのは少々居心地が悪かった。

小乃実との関係を公表したものの、仕事場での千彰には一切の変化が見られない。その揺らぎのなさが羨ましくもあり、ちょっとだけ悔しかった。

「それから、喬橋さんのこと、どうぞよろしくお願いします」

「はい、お任せください」

「念のためにお伝えしておきますが、喬橋さんを悲しませるようなことをしたら……ただじゃおきませんからね」

「はっ……初鹿さんっ⁉」

　突然の脅迫に思わず声が裏返った。だが、環菜は構わず不自然なほどにっこりとしながら千彰に鋭い眼差しを向けているではないか。

　一方の千彰はそれを悠然と受け止め、くすりと小さな笑みを零した。

「ええ、もちろんです。必ず幸せにするとお約束しますよ」

「ありがとうございます。それを聞いて安心しました」

　この会話は一体なんなのだろう。まるで母親と婿のようなやり取りに硬直していると、視界いっぱいに綺麗な顔が映り込んできた。

「こ……喬橋さん、大丈夫？」

「は、い……」

　今、「小乃実」って言おうとした⁉　わざとらしい言い間違いに環菜までもがにやりと笑った。

「初鹿さんが心配してくれるのは、本当に嬉しいですけど……」

なにもわざわざ次期社長に喧嘩を売るような話でもない。言葉を濁すと環菜はふんっと鼻を鳴らした。

「これでも控えめにしたのよ？　このちゃんは大事な後輩で、私の恩人なんだからっ」

「恩人、ですか？」

まったく心当たりがないのだが、どういう意味だろうか。環菜は頼れる先輩でむしろ小乃実にとって恩人でもある。

「ほら私、悪阻《つわり》がひどかったでしょ？　産休までは頑張るつもりだったのになかなか思うようにいかなくて、結構本気で会社を辞めようかって考えていたんだ」

「えっ……初耳です」

たしかに環菜はあの頃、毎日が辛そうだった。なんとか出勤はしたもののお手洗いに籠もって出てこられなくなり、まったく仕事ができなかった日もあった。これまでバリバリと精力的に仕事をこなしてきた彼女にとっては、精神的にも肉体的にも追い詰められることだっただろう。

「でもこのちゃんは仕事も積極的に引き受けてくれただけじゃなくて、悪阻が少しでも軽くなるように気遣ってくれた。そのお陰で、もう少しだけ頑張ろうって気持ちになれたんだよ」

「そんなっ！　私はできることをしていただけですっ」

「うん。それがね、本当に嬉しかったし、救われたんだ」

　あの時はただ、苦しんでいる先輩を助けたい気持ちでいっぱいだった。一人で生きていく小乃実には妊娠する日は訪れない。だからせめて、話に聞いていた以上に苦しんでいる環菜の役に立ちたかった。

「女の子だったら『このみ』って名前にしようって旦那と決めたくらいなんだよ？」

　残念ながら男の子だったけど、と環菜は照れくさそうに笑った。

　そんなことまで考えてくれたなんて――。

　喉元から熱いものがせり上がってくるのを感じ、小乃実はきゅっと唇を引き結ぶ。ぎこちない笑みで環菜を見送ると、隣に並んだ千彰がすっと身を屈めた。

「泣くのを我慢できたね、いい子」

「はい……」

　危うく涙が出そうになったが、ぎりぎりのところで言いつけを守れたらしい。すうっと深く息を吸って上がってきたものを身体の奥へと押し戻した。

「だけど、初鹿さんから『泣かせたら赦さない』と言われなくて助かったよ」

「う……そう、ですね」

　もしそう言われていたら、きっと今夜にでも約束は破られていただろう。火照ってきた頬へ風を送る左手で繊細な輝きが揺らめいていた。

「小乃実の泣き顔は……俺だけのものだからね」

潜められた声がぞくりと身を震わせる。

小乃実が「はい」と小声で返せば、冷ややかな光を帯びた目が満足げに細められた。

END

あとがき

お初の方は初めまして。そうでない方はお久しぶりです。蘇我空木《そがうつき》です。

このたびは「極上御曹司とお試し婚したら、隠れドSで愛にも容赦がありません！」をお手にとっていただき、誠にありがとうございます。

このお話はですね、隠れSのヒーローがヒロインの泣き顔に興奮した挙句に求婚する、という設定から膨らませて書かせていただきました。

ええ、我ながらすごい設定を思いついたなーと思っています。

憧れの人が変態だなんて、普通であればショックを受けたあとにドン引きするでしょう。ですが、ヒロインもまた重度の泣き虫なのを必死で隠して暮しているので、見事に需要と供給が合致したといいますか、いわゆる「割れ鍋に綴じ蓋」のように相性がぴったり合ってしまいます。

つまりこれは、運命の出会いだったということですね！

……と、無理やりうまいことまとめてみましたが、初めてお世話になるヴァニラ文庫さんから刊行していただくというのに、こんなお話で大丈夫なのか、未だにうっすら心配しております。

とはいえ、私自身はとっても楽しく書かせていただきました。

特にヒロインの小乃実《このみ》は、従順でヒーローへの好意が隠しきれない「犬系女子」です。

いつもなら強気で素直じゃないヒロインになりがちなのですが、不思議と今回はその癖が鳴りを潜め、新しいタイプの女の子に挑戦できました。

当初、小乃実のイメージは豆柴のつもりだったのですが、書いていくうちに「これはマルチーズの方がしっくりくるかも？」と犬種が変わったことをこっそり報告させていただきます。

そんな普段は元気いっぱいで無邪気なマル女子（略した）ですが、ちょっとでも感情が昂るとすぐ涙が出てきてしまうという、なかなか厄介な悩みを抱えています。

そのせいで軽い人間不信に陥り、親友や恋人といった深い関係を結ぶのを避けてしまうわけですが、これって程度の違いはあれど、皆さんにもありませんでしょうか。

それを頑張ってコントロールしている小乃実は、実はとんでもない努力家なんだろうな、と思っています。

なんとか社会と折り合いをつけて生きるヒロインが、うっかり見せた涙をきっかけとして思いもよらない事態を引き起こすお話を楽しんでいただければ幸いです。

そして、イラストを担当してくださった芦原《あしはら》モカ先生にこの場を借りて深く御礼申し上げます。

こんな美形だったら変態でも許す！　と思ってしまうくらい千彰《ちあき》をめちゃくちゃ恰好よく描いてくださいました。ちなみに小乃実がマルチーズで決定したのも、実はいただいたキャララフがきっかけでした。

最後に、書きたいイメージはあるものの、なかなか文章に落とし込めずに唸っていた私に根気強くお付き合いくださった編集のT様、ならびにヴァニラ文庫編集部の皆さまには大変お世話になりました。

ではまた、どこかでお会いできる日を楽しみにしております。

蘇我空木

原稿大募集

ヴァニラ文庫ミエルでは乙女のための官能ロマンス小説を募集しております。
優秀な作品は当社より文庫として刊行いたします。
また、将来性のある方には編集者が担当につき、個別に指導いたします。

◆募集作品

男女の性描写のあるオリジナルロマンス小説（二次創作は不可）。
商業未発表であれば、同人誌・Web 上で発表済みの作品でも応募可能です。

◆応募資格

年齢性別プロアマ問いません。

◆応募要項

・パソコンもしくはワープロ機器を使用した原稿に限ります。
・原稿は A4 判の用紙を横にして、縦書きで 40 字 ×34 行で 110 枚 ~130 枚。
・用紙の 1 枚目に以下の項目を記入してください。
①作品名（ふりがな）/②作家名（ふりがな）/③本名（ふりがな）/
④年齢職業 /⑤連絡先（郵便番号・住所・電話番号）/⑥メールアドレス /
⑦略歴（他紙応募歴等）/⑧サイト URL（なければ省略）
・用紙の 2 枚目に 800 字程度のあらすじを付けてください。
・プリントアウトした作品原稿には必ず通し番号を入れ、右上をクリップなどで綴じてください。

注意事項

・お送りいただいた原稿は返却いたしません。あらかじめご了承ください。
・応募方法は必ず印刷されたものをお送りください。CD-R などのデータのみの応募はお断りいたします。
・採用された方のみ担当者よりご連絡いたします。選考経過・審査結果についてのお問い合わせには応じられませんのでご了承ください。

◆応募先

〒100-0004　東京都千代田区大手町 1-5-1　大手町ファーストスクエアイーストタワー
株式会社ハーパーコリンズ・ジャパン　「ヴァニラ文庫作品募集」係

極上御曹司とお試し婚したら、隠れドSで愛にも容赦がありません！

Vanilla文庫《ヴァニラ》 Miel《ミエル》

2023年11月20日　第1刷発行　　定価はカバーに表示してあります

著　作　蘇我空木　©UTSUKI SOGA 2023
装　画　芦原モカ
発行人　鈴木幸辰
発行所　株式会社ハーパーコリンズ・ジャパン
東京都千代田区大手町1-5-1
電話　03-6269-2883（営業）
0570-008091（読者サービス係）

印刷・製本　中央精版印刷株式会社

Printed in Japan ©K.K.HarperCollins Japan 2023 ISBN978-4-596-52950-3